伊斯兰文化小丛书

伊斯兰文学
YISILAN WENXUE

元文琪 \ 著

中国社会科学出版社

图书在版编目(CIP)数据

伊斯兰文学/元文琪著.—北京:中国社会科学出版社,1995.8(2013.1重印)

(伊斯兰文化小丛书)

ISBN 978-7-5004-1728-6

Ⅰ.伊… Ⅱ.元… Ⅲ.宗教文学-伊斯兰教-概况 Ⅳ.I106.99

中国版本图书馆 CIP 数据核字(1995)第 06400 号

出版策划	任　明
特邀编辑	成　树
责任校对	安　然
封面设计	卓　尔
技术编辑	张汉林

出版发行	中国社会科学出版社		
社　址	北京鼓楼西大街甲 158 号　邮　编　100720		
电　话	010-84029450(邮购)		
网　址	http://www.csspw.cn		
经　销	新华书店		
印刷装订	北京兴怀印刷厂		
版　次	1995 年 8 月第 1 版	印　次	2013 年 1 月第 3 次印刷
开　本	787×1092　1/32		
印　张	5.625		
字　数	95 千字		
定　价	15.00 元		

凡购买中国社会科学出版社图书,如有质量问题请与本社发行部联系调换

版权所有　侵权必究

《伊斯兰文化小丛书》
编辑委员会

主　编：吴云贵　秦惠彬　周燮藩
编　委：（按姓氏笔画排列）
　　　　马忠杰　王怀德　王俊义
　　　　冯今源　杨永昌　李兴华
　　　　余振贵　金宜久　周用宜
　　　　郑文林　黄燕生

编者献辞

三十年来，在改革开放的热潮中，我国学术界迎来了企盼已久的春光，相继出版了大量的多学科、不同层次的著作，为读者们提供了可贵的精神食粮，受到了欢迎和赞赏。然而相比之下，宗教读物尤其是有关伊斯兰教的著作，在我国文化市场上依然少见，难以满足读者的需求。为此，我们再次向读者推出这套通俗性的宗教知识读物，为我国文化事业百花园奉献一束小花，愿读者在涉猎中获得心灵上的启迪、情趣上的满足。

作为世界三大宗教之一的伊斯兰教，流传广泛，经久不衰，迄今仍影响着数以亿计的世界广大人口；千姿百态的伊斯兰文化源远流长、根深叶茂，对人类文明作出过巨大的贡献。作为一种文明方式，其相关研究不论在东方穆斯林世界还是在西方基督教世界,均已达到空前的规模,成为人类文化研究的重要区域,引起高度的重视。如今改革开放的大潮早已把国人推出家门、涌向世界,汇入人类文化的海洋;我国人民同发展中的伊斯兰国家的交往愈益增多,遍及政治、经济、外交、文教各个领域,甚至在看似无关的经贸交易、投资活动中也同样蕴含着包括宗教传统在内的文化因素,潜移默化地影响着人们的思想观念、经济决策、经济行为。这些都提示国人增强文化意识,涉猎国际文化知识,加深对伊斯兰文化的理解。

伊斯兰教步入华夏大地已有千余年之久,她已在这里生根,开花,结果。我国的回、维吾尔、哈萨克、柯尔克孜、塔吉克、乌兹别克、塔塔尔、东乡、撒拉、保安等10个民族几乎全民信仰伊斯兰教,中国伊斯兰教早已不再是异质的外域文化,而成为中华民族传统文化的一部分。饱受"十年动乱"之苦的我国各族人民珍视来之不易的安定团结局面,国家长治久安的大计更把各族人民兄弟般的团结提高到政治原则高度。而欲维护和加强民族团结,除了政治方向的一致性而外,不同民族之间还需要有心灵、情感、文化上的理解、交流、沟通,这也要求我们加深对作为我国少数民族文化传统一部分的伊斯兰文化的理解和尊重，以增强中华民族的内聚力，共同致力于国家现代化建设。

若本丛书能使读者开卷有益，能使读者拓宽视野、增进知识、奋发向上，我们将感到无限的欣慰。我们也热诚地欢迎读者对本丛书提出批评与建议。

《伊斯兰文化小丛书》编委会
2008年8月30日

前　言

　　伊斯兰文学是光辉灿烂的伊斯兰文化的重要组成部分。

　　伊斯兰文学与伊斯兰教（《古兰经》诠释、圣训学、教义学、教法学，各教派之间的斗争和发展演变的历史等）关系极为密切。伊斯兰文学是信奉伊斯兰教的各族人民共同创造的精神财富。

　　自7世纪上半叶至今，伊斯兰文学的发展演变大致可划分为两个阶段，即古代阶段和近现代阶段。本书仅就古代伊斯兰文学作了概括的论述，没有涉及发生了本质变化的近现代伊斯兰文学（19世纪至20世纪）。

　　古代伊斯兰文学有上千年的发展史，为叙述方便，分为六个时期，即初兴时期（7世纪上半叶至

10世纪中叶)、波斯文学崛起时期(9世纪中叶至11世纪上半叶)、发展时期(11世纪上半叶至13世纪中叶)、苏非文学勃兴时期(12世纪至13世纪中叶)、鼎盛时期(13世纪中叶至15世纪末)和文学风格嬗变时期(16世纪至18世纪)。从古代伊斯兰文学的发展轨迹中不难发现,它的初兴时期与伊斯兰教由单一的阿拉伯民族宗教演化为阿拉伯帝国范围内的多民族共同信仰的过程相同步,基本上是阿拉伯语文学的一统天下(其他民族的诗人作家此时皆用阿拉伯文进行创作)。自9世纪中叶,波斯语文学崛起之后,便逐渐取代阿拉伯语文学的主导地位,成为伊斯兰文学的代表,其成就之高、影响之大,远非阿拉伯语文学所能比拟。以菲尔杜西(940—1020)民族史诗《王书》的问世为标志,日渐形成表现爱国主义和英雄主义的文学潮流。进入发展时期的伊斯兰文学,一个突出的特点是苏非文学的勃兴,这是苏非派神秘主义教义被纳入官方正统信仰所导致的结果。从此以后,随着苏非教团势力在民间的逐步扩展,神秘主义教义的进一步系统化和理论化,苏非文学上升为伊斯兰文学的主流,左右着它的发展方向。阿拉伯帝国(661—1258)倾覆之后,伊斯兰教非但没有消亡,反而获得更大规模的发展,这当中各地苏非教团的积极活动起了举足轻重的作用。蒙古人统治时期的伊斯兰文学全面繁荣，达到鼎盛，涌现出毛拉维（鲁米，1207—1273）、萨迪（1208—1292）和哈菲兹（1327—1390）等享誉世界的大诗人，这与苏非文学的高度发展是分不开的。16世纪以后，伊斯兰世界形成土耳其奥斯曼帝国（1299—1924）、伊朗沙法维王朝（1502—1722，1730—1736）和印度莫卧儿帝国（1526—19世纪中叶）三足鼎立的局面。奉什叶派为国教的沙法维朝廷与坚持逊尼派信仰的奥斯曼帝国，为争夺伊斯兰世界的霸主地位而陷入长期战争，不遑顾及文学事业的发展，相对稳定的印度遂成为新的波斯语文学中心，进而引导伊斯兰文学步入一个独特时期。

内容丰富多彩的伊斯兰文学，以古典格律诗创作最为发达。比较流行的格律诗有"伽西代"、"伽扎尔"、"玛斯纳维"、"鲁拜"、"杜·贝蒂"、"伽特埃"、"塔尔吉·班德"、"塔尔基布·班德"和"莫萨玛特"等。其中以"伽西代"颂诗、"伽扎尔"抒情诗和"玛斯纳维"叙事诗成就最大。波斯萨曼王朝（874—999）和伽色尼王朝（962—1186）时期，"伽西代"颂诗盛极一时；蒙古人入主波斯之后，"伽西代"抒情诗和"玛斯纳维"叙事诗尤为繁荣。

伊斯兰古典诗歌不但种类繁多，而且成绩卓著，为世人所瞩目。如菲尔杜西（940—1020）的史诗《王书》、毛拉维的苏非神秘诗、萨迪的道德训谕诗、哈菲兹的抒情诗、欧玛尔·哈亚姆（1048—1122）的哲理诗、内扎米（1141—1209）的爱情故事诗等，都是世界古典文学宝库中的珍品。

伊斯兰文学的散文创作，虽然不如诗歌发达，但也不乏优秀的传世之作。就文学散文而言，种类十分繁多，神话传说、寓言童话、民间故事、帝王英雄传记、宗教人物传记、"玛卡梅"韵文故事、讽刺故事、道德训谕著述、文艺理论和文学批评著作、各类游记和词书编纂等等，应有尽有。其中萨迪的《蔷薇园》名扬四海，早已是穆斯林修身养性的必读经典；享誉全球的《一千零一夜》和阿凡提式的机智人物故事、趣闻和笑话，更是世界各国人民爱不释手的不朽佳作。

从文艺美学的角度看，古代伊斯兰文学带有鲜明的悲壮和朦胧的两大美感特征。以菲尔杜西的《王书》和内扎米的《蕾莉与马杰农》为代表的，反映民族历史悲剧和男女婚姻悲剧的诸多诗篇，确实能"唤起悲悯与畏惧之情并使这类情感得以净化"（亚里士多德语）。毛拉维等苏非诗人的神秘主义诗歌和哈菲兹等受苏非思想影响的抒情诗作，在"神爱"、"神智"和"人主合一"的追求中，在宇宙奥秘和人生哲理的探索中，强烈地表现出主观世界的精神感受，个人信仰的直接体验和顿悟，令人感到神秘玄妙，别有韵味。

如此博大宏深的古代伊斯兰文学，要用几万字的篇幅加以概括，确是一件棘手的事。无奈挚友诚恳相约，也只得从命，勉强为之，权作"抛砖引玉"。期待着资料翔实、理论透辟的力作早日问世。最后特向本书引文的译者表示感谢和歉意，因为对所有引用的文字并未一一注明出处。

元文琪

1994年8月于官园

目 录

前言 ……………………………………… (1)

一、初兴时期（7世纪上半叶—10世纪中叶） ……………………………… (1)
  1. 概述 ……………………………………… (1)
  2. 《古兰经》——伊斯兰文学的奠基石 … (3)
  3. 阿拉伯传统文学的发展 ……………… (7)
  4. 阿拉伯传统文学的演变 ……………… (14)
  5. 穆台纳比——阿拉伯民族诗人 ……… (24)

二、波斯文学的崛起（9世纪中叶—11世纪上半叶） ……………………… (29)
  1. 概述 ……………………………………… (29)
  2. 鲁达基——"波斯语诗歌之父" …… (31)

3. 菲尔杜西和他的《王书》……………（34）
4. 伽色尼王朝官廷诗人………………（42）
5. 波斯古典格律诗的类别和特征………（45）

三、发展时期（11世纪上半叶—13世纪中叶）……………………………………（52）
1. 概述……………………………………（52）
2. 麦阿里——阿拉伯"诗中圣哲"……（54）
3. 伊斯玛仪派诗人纳赛尔·霍斯鲁………（57）
4. 欧玛尔·哈亚姆和他的《鲁拜集》…（61）
5. 塞尔柱王朝时期官廷诗人……………（66）
6. 内扎米和他的《五卷诗》……………（70）
7. 散文创作的繁荣昌盛…………………（75）

四、苏非文学的勃兴（12世纪—13世纪中叶）……………………………………（83）
1. 概述……………………………………（83）
2. 早期神秘主义诗人……………………（86）
3. 萨纳伊和他的《真理之园》…………（89）
4. 阿塔尔和他的《鸟的逻辑》…………（93）
5. 阿拉伯苏非诗人伊本·法里德………（97）
6. 独树一帜的苏非散文…………………（99）

五、鼎盛时期（13世纪中叶—15世纪末） ……（103）
1. 概述 ……（103）
2. 毛拉维——神秘主义诗歌集大成者 …（106）
3. 一代文宗萨迪 ……（112）
4. 抒情诗巨擘哈菲兹 ……（120）
5. 贾米——宣告黄金时代的终结 ……（128）
6. 其他著名诗人 ……（133）
7. 丰富多彩的散文创作 ……（139）

六、文学风格的嬗变（16世纪—18世纪） ……（144）
1. 概述 ……（144）
2. "印度体"诗歌的形成及其基本特征 ……（147）
3. "印度体"代表诗人 ……（150）
4. 波斯诗歌的复古倾向 ……（156）
5. 民间文学的瑰宝 ……（159）

一、初兴时期

(7世纪上半叶—10世纪中叶)

1. 概述

伊斯兰文学的初兴时期包括四个发展阶段,即正统哈里发时期(632—661)《古兰经》的问世,倭马亚王朝时期(661—750)阿拉伯传统文学的发展,阿巴斯王朝前期(750—847)阿拉伯传统文学的演变,以及阿巴斯王朝中期(847—945)民族诗人穆台纳比的脱颖而出。

伊斯兰教初创的三百余年,完成了由单一的阿拉伯民族宗教向多民族的阿拉伯帝国宗教的转化;与此同时，作为《古兰经》用语的阿拉伯语，由单一的民族语言转变成为帝国范围内各民族的共同语言，从而为伊斯兰文学的发展奠定了坚实的基础。

9世纪中叶以前的伊斯兰文学，不妨称之为阿拉伯语文学，因为这时期的诗人和散文家，无论出身哪个民族，都是用阿拉伯语进行创作。倭马亚王朝时兴的政治诗和爱情诗，带有浓郁的荒原大漠气息，显然是"蒙昧时代"（前伊斯兰时期）阿拉伯游牧部落文学传统的继续。到阿巴斯王朝前期，伴随着大规模的"百年翻译运动"和提倡穆斯林民族一律平等、反对阿拉伯民族优越感的"舒欧比"思潮的扩展，皈依伊斯兰教的"马瓦里"（新穆斯林）异族作家（多为波斯人）积极参与文学创作，致使阿拉伯传统文学与被征服民族的文学相融合，面貌为之改观。这时的阿拉伯语文学已不再是单一的民族文学，而是帝国范围内各民族共同创作的伊斯兰文学。

阿巴斯王朝中期，什叶派和逊尼派相继形成，苏非派获得进一步发展。此时，哈里发大权旁落，封建割据加剧，各地方朝廷称霸一方，只在形式上承认中央的宗主权。目睹阿拉伯人开创的帝国日趋没落；具有民族主义情感的诗人穆台纳比，以豪迈而富于哲理的诗作，呼唤阿拉伯民族精神的振兴，从而赢得了人们的赞誉。

2.《古兰经》——伊斯兰文学的奠基石

7世纪初伊斯兰教的创建，促使阿拉伯半岛迅速走上统一。在真主安拉和先知穆罕默德的绝对权威面前，昔日被奉为部落首领的诗人，地位急剧下降；盛极一时的早期诗歌创作陷入低谷，只有少量宣传和捍卫伊斯兰教的宗教诗，以及颂扬四大哈里发对外扩张的"征伐诗"。然而，哈里发奥斯曼（644—656年在位）时期编定的圣典《古兰经》，却以其丰富的内涵，独特的文体和修辞，纯正的阿拉伯语，为伊斯兰文化大厦，举行了奠基礼。

《古兰经》是安拉通过天使迦百列传达给穆罕默德的启示录。约占全书三分之二篇幅的"麦加章"旨在阐明伊斯兰教的基本信条和教义，诸如信真主，信天使，信天经，信先知和信末日等；占其余三分之一篇幅的"麦地那章"，主要明示伊斯兰教的清规戒律，诸如礼拜、斋戒、天课、圣战和禁忌等。不言而喻，作为伊斯兰教圣典的《古兰经》，是所有穆斯林精神生活和社会实践的依据和准绳，因而也是伊斯兰文学创作的指南和基本原则。

　　就《古兰经》本身的文学价值而言，主要有以下三点。第一，其中包含着大量优美动人的神话传说和历史故事，从而为伊斯兰文学日后的发展提供了宝贵的创作素材。"我借着启示你这部《古兰经》而告诉你最美的故事"（《古兰经》12：3）。经文中有关开天辟地的记述和天园火狱的描写尤为引人入胜。真主"在六日内创造了天地，然后升上宝座，处理万事"（10：3）。"他用土创造阿丹，然后他对他说'有'，他就有了"（3：59）。"他把那个人的配偶造成与他同类的，并且以他们俩创造许多男人和女人"（4：1）。关于天园，《古兰经》写道："其中有水河，水质不腐；有乳河，乳味不变；有酒河，饮者称快；有蜜河，蜜质纯洁"（47：15）；"有各种果树"（55：48）；"优美的住宅"（9：72）；"珠宝镶成的床榻"（56：15）；"翠绿的坐褥和美丽的花毯"（55：76）；人们"穿着绫罗锦缎的绿袍"，"享受银镯的装饰"（76：21）；享有"白皙的、美目的女子"（44：54）；"他们在乐园中，听不到恶言和谎言"（56：25）；"除初次的死亡外不再尝死的滋味"（44：56）。这种梦寐以求的天园胜景，充分表达了古代阿拉伯人对美好生活的向往和追求。

《古兰经》有关历代先知的故事与《圣经》大体相似,区别在于前者言简意赅,以"鉴戒"为目的,不过多记述故事的来龙去脉。在诺亚(努哈)、亚伯拉罕(易卜拉欣)、约瑟(尤素福)、穆西(母撒)、大卫(达伍德)、所罗门(索莱曼)、约伯(阿尤布)、耶稣(耳撒)和玛利亚(麦勒彦)等先知故事中,不乏想象奇特、情节曲折的描写。如写穆萨(摩西)出生后,母亲将他置入箱内,顺水漂流,被法老妻子发现,收为义子。长大后,穆萨外出旅行,听见真主的呼声,掷出手杖变成长蛇;将手插入杯中,抽出来却白亮亮的。法老召集术士与穆萨斗法,均为之降服,但其族人仍受歧视和虐待。穆萨夜间率众出逃,法老派兵穷追不舍。穆萨照真主的吩咐以手杖击海,海水让出一条通道,得以平安渡过,法老及其部下全葬身鱼腹。嗣后,穆萨与真主约期40夜,真主对一座山微露光华,那座山旋即化成齑粉。诸如此类生动形象的描绘,标志着阿拉伯散文的长足进步,确是对始于"蒙昧时代"以诗歌为主的阿拉伯文学传统的补充。

第二,《古兰经》创造了一种独特的文体,既不是诗歌,又不是一般的散文;既自由洒脱,又富有节奏和音韵。这种近似韵文体的创作难度较大,不易效仿；后出的"玛卡梅"韵文故事和苏非派传记作品，明显受到《古兰经》这种特殊文体的影响。从修辞风格来看，庄严而神圣是《古兰经》的基本特征。经文中的修辞手段多种多样，明喻、隐喻、重复、排比、夸张、层进、设问、反诘等方法配合使用，以达到训戒、规劝、鼓动、激励、辩驳、警策和震慑等多种目的。当宣布安拉是唯一的最高真理时，显示出威严而不容置疑的气概；当警告信众不得违抗安拉意志，言行不得与经文相抵触时，则是严正而惊心动魄的；当号召人们归顺正教时，又表现得热诚而动人肺腑。《古兰经》具有高屋建瓴的气势和震撼人心的力量，因为它来自"至高无上"的安拉，是求之不得的真主的启示，所以被信徒视为"天经"，唯命是从。《古兰经》的修辞方法，尚可借鉴和模仿；而《古兰经》所体现的那种庄严而神圣的修辞风格，却是任何文学作品不可企及的。

第三，《古兰经》使用的语言，是由麦加古来什部族语言发展而成的纯正阿拉伯语，它被公认为阿拉伯半岛统一后的规范化语言。随着伊斯兰教在帝国范围内的广泛传播和阿拉伯移民政策的实施，阿拉伯语经过吸收外来语汇和自身的改造，终于取代在不同地域流行的希腊语、帕莱威语和科普特语，发展成为帝国境内各民族的共同语言,为繁荣伊斯兰文学的创作,提供了不可或缺的条件。

综上所述,《古兰经》不仅是敕降给先知穆罕默德的"一部节文精确而且译明的经典",同时也是一部阿拉伯古代散文杰作,其影响巨大而深远,对整个伊斯兰文学具有重要的指导意义和示范价值。

3. 阿拉伯传统文学的发展

四大哈里发统治的后期,阿拉伯古来什贵族因争权夺利而产生分裂,导致伊斯兰教分化为什叶派和逊尼派。661年,哈里发阿里(656—661年在位)遇刺,穆阿维叶于大马士革宣布建立倭马亚王朝(白衣大食,661—750),并首次确立哈里发世袭制。作为进一步对外扩张的结果,于8世纪初形成横跨亚、非、欧三洲的阿拉伯大帝国。

新王朝面临的首要任务是在推广伊斯兰教的同时,建立和完善政治制度,巩固和强化政治统治,这势必加剧阿拉伯人与被征服民族之间的矛盾。在阿拉伯人内部,各部落之间,当权派与在野派、上层贵族和普通平民之间斗争也相当激烈。此时,民族矛盾、部落矛盾和阶级矛盾错综复杂，各宗教派别的产生及其相互对立和冲突，无不打上政治斗争的烙印。表现在文学创作上，则是大量政治诗的涌现，并发展成为当时诗歌的主流。在代表不同部落和政治集团利益的著名诗人中，首推艾赫塔勒、法拉兹达格和哲利尔。

（1）倭马亚王朝"诗坛三杰"

艾赫塔勒（640—710）生于美索不达米亚北部的希拉，基督教家庭出身。从小受继母虐待，饱尝生活的艰辛。青年时代即成为泰格里布部族的优秀诗人。从维护本部族利益出发，他投靠哈里发宫廷，为倭马亚政权效劳，写诗颂扬倭马亚家族的高贵血统和施政业绩，以证明这个家族最配享有哈里发权位，因而获得"倭马亚诗人"和"哈里发诗人"的徽号。艾赫塔勒政治诗的另一个重要内容，是夸耀本部族的光荣历史和优秀品质，嘲讽和贬低与朝廷不合作的部族："在库拉布的战场上，泰米姆人败北逃亡。泰格里布人催马扬鞭，猛狮般向前冲闯；他们象鹰隼般迅猛，出奇制胜把敌人扫荡。"艾赫塔勒的政治诗自然工整，结构严谨，且带有蒙昧时代的色彩。他是基督教徒，常借酒兴赋诗，别有一番情趣："倘若酒友将我灌醉，我酩酊地摇晃恣狂。这时我便会感到——信徒们的长官呀，我就是你的君王！"据说，此诗当着哈里发阿布杜·马立克（685—705年在位）的面咏出，就更显得意味深长。

生于巴士拉的法拉兹达格（641—732），出身泰米姆部落的高贵家族。从小养尊处优，高人一等；长大风流倜傥，不把达官贵人放在眼里。他和艾赫塔勒一样，为维护本部族的利益而攀附哈里发宫廷，写诗颂扬倭马亚哈里发为"真主之友"、"指路的明月"，称赞王孙贵胄执掌朝政，手中握有克敌制胜的"真主之剑"；但他的政治立场不如艾赫塔勒坚定，态度反复无常，因而得不到当权者的宠信和重用。法拉兹达格的政治诗粗犷有力，洋溢着蒙昧时代诗歌的荒原大漠气息。他为自己的高贵出身感到自豪，在诗中夸耀本部族的光荣历史和丰功伟绩，自诩"像大海般慷慨，狮子样勇敢，明月似高尚"。法拉兹达格有一首讥讽魔鬼伊比利斯的诗，写得别具一格。诗中说他屈服于魔鬼长达70年之久，而今已是风烛残年才知幡然悔过，决心摆脱伊比利斯的纠缠，虔诚地信仰真主。这大概是放荡无羁的诗人回顾一生所做的忏悔式的总结。

哲利尔（653—733）生于阿拉伯半岛中部纳季德（内志）地区的叶玛迈，出身在泰米姆部落的贫穷家庭。他天资聪颖，自幼喜欢吟诗，15岁时便成为贝杜因部落诗人。在米尔拜德赛诗会上,因对麦加希尔家族的妇女说了些冷嘲热讽的话,遭到法拉兹达格的反唇相讥,由此引发了一场持续半个世纪之久的诗歌大战,促进了辩驳诗的发展,轰动了整个阿拉伯文坛。作为政治诗人的哲利尔,与艾赫塔勒和法拉兹达格一样,极力讨好倭马亚朝廷,为之歌功颂德,称赞哈里法"是被真主选中的人",当之无愧的"救世主"。他的颂诗富于宗教色彩,大量引用《古兰经》词语,并从宗教道德出发去歌颂统治者的品质,把"乐善好施"作为最高贵的美德,似含有乞求赐舍的意味。在与数十名同时代诗人展开的诗歌大战中,哲利尔显示出他的非凡才华和辩驳能力,以尖酸刻薄的语言,揭露论敌的缺陷和隐私,令其防不胜防。如在诗中嘲讽"法拉兹达格是一只狐狸,它依傍在狮子身边逞威";甚至把行为有失检点的法拉兹达格比作"淫荡的猴子",告诫人们须小心提防。对于信奉基督教的艾赫塔勒饮酒食肉,哲利尔更是抓住不放,大肆奚落,令对手十分恼火而又不便反驳。他最著名的讽刺诗是一首题名"达米埃(驳倒)"的《巴依韵基诗》,该诗犹如利剑,使努美尔部落的牧驼诗人拉伊不战自退,甘拜下风。哲利尔还擅长情诗,写得感情真挚,委婉细腻,明白晓畅,比起艾赫塔勒的刻意

一、初兴时期

雕琢和法拉兹达格的精工细作更胜一筹。

（2）"情诗之王"拉比尔

倭马亚时期诗歌创作重新抬头，除政治诗外，还表现在情诗方面、早期的阿拉伯情诗常作为长篇颂诗的序诗，没有形成独立的文学品种。伊斯兰初创时期独立的情诗问世，发展到倭马亚时期已经比较成熟。作为伊斯兰教发祥地的希贾兹（汉志），因远离帝国的政治和宗教斗争中心，出现歌舞升平的景象，这为情诗的发展提供了适宜的环境。在希贾兹游牧地区的贝杜因人当中，反映部落青年纯真爱情的诗歌流行起来；在希贾兹城市地区，如麦地那和麦加等，以谈情说爱为主题的艳情诗创作盛极一时。"贝杜因纯情诗"讴歌了阿拉伯游牧部落青年男女为了追求爱情和幸福，勇于冲破家庭、部落和社会的束缚，甚至不惜以身殉情的高贵品质。这类情诗感情沛然，语言真挚，动人心弦。如陶拜的情人莱依拉哭悼战死疆场的心上人："飞鸟在天空翱翔，灰鸽在枝头咕咕；我对你矢志不渝，常将你怀念悼哭。"又如加米勒得知情人布赛娜客死埃及后，对她仍是一往情深："只要我一息尚存，心中的爱永远坚贞；即使我葬身孤墓，也要回应你的呼声。"

比较而言，"麦地那艳情诗"因描写阿拉伯城市青年的爱情故事,则显得有些放荡轻浮,但却是现实生活的真实反映。被誉为"情诗之王"的欧默尔·本·艾比·拉比尔(644—711),是阿拉伯诗歌史上第一个专门歌颂女性和爱情的诗人。出身麦地那名门望族的拉比尔,热情潇洒,风流倜傥,备受贵妇歌女的青睐。他与受当局冷落的圣裔贵族和纨绔子弟,寄兴于声色歌舞,寄情于吟诗作乐,是怀才不遇的阿拉伯贵族青年对现实社会的一种消极反抗。从情诗的写作技巧来看,拉比尔确有不少创新。他把女性视为美的象征,常以"太阳"、"小羚羊"和"牛犊"等心爱之物作比,与"香料"、"番红花"和"樟脑"等芳香之物联系起来,并通过华美衣饰和手钏脚镯的描写来表现女性的美。他不仅对女性的外貌加以具体地描绘,而且着力表现女性的道德修养、性格特征和心理活动。如写女人们聚在一起,偷偷地议论他时说:"我们怎么会不知道他呢,难道月亮会在天空隐没?"把诗人喻为"月亮",其爱慕之情跃然纸上。拉比尔的情诗夹叙夹议,擅长用对话制造气氛,传情达意:

  我问:"这是谁?"
  她答:"被你把魂勾去的人。"
  我说:"此话当真?"

她忧心忡忡地答道：
"真主最知我的爱，
　伤心的泪珠儿也能作证。"
"好女子呵，你的爱折磨着我。"
她说："主呵，愿你也把我折磨！"

拉比尔的情诗自然流畅，洋溢着生活气息，具有民歌风味。他采用的韵律轻快、柔和，适于配曲演唱，因而得以广泛流传。

（3）圣训汇编和书信体散文

所谓"圣训"，是指先知穆罕默德的言论和行为，包括由圣门弟子所传述的先知的言行。圣训的地位在伊斯兰教中仅次于《古兰经》，是创制伊斯兰教法的第二依据。起初，圣训是由弟子们口耳相传，或者写在木片、布头和骨皮上到处流传。在圣训传述的过程中，不同教派的学者理解殊异；伪造圣训的现象时有发生，这就需要鉴别和考证圣训的真伪；再者，为创制立法也需要搜集、整理和编纂翔实可靠的圣训录，于是产生了"圣训学"。这门学问始于倭马亚王朝后期。据传，欧麦尔二世（717—720年在位）曾下令圣训学家搜集当时流行的圣训，汇编成书，如苏福彦·本·赛尔德（？—777）就编成《圣训大全》。

该书虽然没有保存下来，但却为后出的六大圣训实录提供了重要素材。早期的圣训录，从传述系统和传述来源入手，考察传述者的生平经历、信仰道德及其所处的时代背景，既是有关宗教史的研究，也是伊斯兰传记文学的滥觞。对《古兰经》的阐述和诠释，是圣训录的重要内容，它和《古兰经》一起，为伊斯兰文学创作提供了必须遵循的原则和精神，因而具有指导性的意义。

倭马亚时期最著名的散文家是哈里发麦尔旺二世（744—750年在位）的御前书记官、波斯籍人阿布杜·哈米德（？—750）。他的书信体散文内容丰富（涉及政治、军事和文学等方面），注重修辞，语言精美，擅用比喻，逻辑性强，层次分明，具有独特的风格，被誉为阿拉伯散文的始作俑者。

4. 阿拉伯传统文学的演变

由穆罕默德之叔阿巴斯的后裔创建的阿巴斯王朝（黑衣大食，750—1258），与完全依靠阿拉伯各部落支持的倭马亚政权相比，有许多显著的变化：其一，后者为纯粹的"阿拉伯国家"，前者则是由信奉伊斯兰教的多民族组成的帝国，这个帝国以阿拉伯哈里发为象征；其二，至10世纪中叶，伊斯兰教和阿拉伯语已基本上完成由单一的民族信仰和语言向多民族的共同信仰和语言的演变；其三，阿巴斯王朝前期的一百年间，帝国的政治、经济、文化和学术获得空前的发展，达到鼎盛期。在促成这种全面繁荣的过程中，精通阿拉伯语的异族（主要是波斯）政治家、学者和诗人作出了不朽的贡献。阿巴斯王朝的中期和后期，哈里发大权旁落，各地方朝廷多为非阿拉伯人掌权，仅在名义上承认哈里发统治，因而维系这个庞大而松散的帝国，就只依靠伊斯兰教和阿拉伯语了。

从文学角度来看，阿巴斯前期（750—847）的阿拉伯文学从内容到形式都发生了巨大变化。诗歌和散文创作虽然用的仍是阿拉伯语，但由于异族诗人和作家的参与，被染上一层浓重的被征服民族文学的色彩，尤以波斯文学色彩为显著。随着反阿拉伯民族的优越感和提倡穆斯林民族一律平等的"舒欧比"思潮的扩展，涌现出一批反映被征服民族的情绪、愿望和心态的诗人，如阿布·努瓦斯等。他们的作品倾向和艺术风格与传统的阿拉伯诗歌迥然不同，被称为"革新派"。坚持写阿拉伯传统诗歌的也不乏其人，但势力比较薄弱，他们被称作"守旧派"。受"百年翻译运动"的影响，阿拉伯散文突破以往诗歌独傲文坛的格局，取得长足的进展。散文创作不再限于公文书函，题材和体裁日趋多样化，产生了不少表现人民生活，针砭社会弊端的作品。以伊本·穆加法和贾希兹为代表的优秀作家，将阿拉伯散文推向一个新的发展阶段。

（1）"百年翻译运动"与伊本·穆加法

阿巴斯王朝前期的"百年翻译运动"，是由单一的阿拉伯民族文化发展演变成为多民族的伊斯兰文化的重要里程碑。这场历时百年的翻译运动，在哈里发的倡导和支持下，经过阿拉伯和波斯等多民族学者文人的共同努力，几乎将当时希腊、波斯和印度等文明古国有关哲学、逻辑学、数学、天文学、医学、物理学、化学、地理学和文学等主要经典著作，全部翻译成阿拉伯文，从而为伊斯兰教的发展提供了理论武器，为伊斯兰文化的繁荣奠定了基础；同时也为东西方文化的沟通和人类文化遗产的保存，作出了具有历史意义的贡献。被誉为这场翻译运动旗手的波斯人伊本·穆加法（724—759），在希腊哲学、波斯典籍和印度文学的翻译方面功绩卓著。

伊本·穆加法在巴士拉长大，原为琐罗亚斯德教信徒，后改奉伊斯兰教，曾任书记官。他率先译出亚里士多德的《形而上学》（包括《同一律》、《矛盾律》和《排中律》三部分），波菲利的《亚里士多德〈范畴篇〉导论》（又译《逻辑学入门》），并将印度的寓言故事集《五卷书》翻译改写为《卡里莱和迪木乃》。该书的梵文原本残缺不全，帕莱威文（中波斯文）译本已散佚，故阿拉伯文本显得尤为珍贵，成为后世各种语言翻译的依据。伊本·穆加法的译著以波斯典籍为主，如帕莱威文名著《赫瓦塔伊·纳马克》（即《帝王纪》），此书不仅是阿拉伯语史学家修史的资料来源，而且是后出的各种文体的波斯语《王书》的依据。此外，他还翻译了介绍波斯政治制度和宫廷礼仪的长篇巨制《阿因·纳梅》（《礼仪大全》），记述马兹达克教创始人生平的传记《马兹达克》，为萨珊国王阿努希尔旺歌功颂德的《王冠》、《朝廷品第》和《征战记》等著述。他写有大量含有社会政治内容的书信，其中以《近臣书》最著名；另有两本有关伦理道德的箴言集《大礼》和《小礼》，内含规劝君王施仁政于民的寓意。伊本·穆加法精通阿拉伯文，但其散文作品带有鲜明的波斯印记，译著文笔朴直而优美，为阿拉伯散文创作开辟了新径，因而有"阿拉伯艺术散文鼻祖"之美称。

(2)"舒欧比"思潮与诗歌创作

"舒欧比"为阿拉伯词,意为"部族"、"种族"。"舒欧比"思潮以反对阿拉伯人的民族优越感为宗旨,主张信奉伊斯兰教的各民族不分贵贱,一律平等。总的看来,它是符合伊斯兰教由单一的民族信仰向多民族的共同信仰转化这一历史潮流的,因而在当时具有进步的意义。这种思潮始于倭马亚王朝,兴于阿巴斯王朝前期。被征服民族的"马瓦里"(以波斯人为主),针对倭马亚宫廷推行的民族歧视政策,援引《古兰经》中的话"人们呵,我创造了你们,把你们分成男女,把你们分成不同种族和部族。愿你们互相了解。你们的尊严是安拉给的"(49:18)。证明穆斯林各民族在真主面前一律平等,不应有高低贵贱之分,借以反对阿拉伯人以征服者自居。阿巴斯前期头几任哈里发,从稳定政局、巩固统治和推广伊斯兰教的需要出发,大量启用异族(尤其是波斯)的优秀人才,充任朝中显贵和军事长官,致使"舒欧比"思潮日益兴盛,进而出现贬低和蔑视阿拉伯人的鼓动宣传,这势必引起当权者的不安和阿拉伯民族主义者的反击,于是伴随着"舒欧比"思潮的泛滥,在上层建筑各个领域展开了一场带有不同民族主义色彩的广泛斗争。具有悠久文化传统,并在政治、经济和军事方面掌握实权的波斯人，充分发挥业已取得的优势，以文学（尤其是诗歌）创作为武器，大肆宣扬和推广波斯文化、艺术和修辞技巧，令传统的阿拉伯文学相形见绌，地盘越来越小，这个时期的著名诗人，几乎全是波斯人。他们的阿拉伯语诗歌作品是当时现实生活的生动反映，且带有浓重的波斯色彩，无不含有"舒欧比"思想的倾向。

波斯盲诗人白沙尔·本·布尔德（714—784），被认为是开一代阿拉伯诗歌新风的先驱。据说，他写作1.2万多首诗，尤以讽刺诗见长。白沙尔笔锋犀利，用语尖刻，对阿拉伯人极尽冷嘲热讽之能事："尔用演词谤释奴，鼠辈得意忘贵尊；昔日口渴无清泉，与犬共饮舔四邻。"白沙尔不甘心做亡国奴，他以其波斯宗谱而感到自豪："堪笑空自大，妄言贱吾门；诬人原自诬，永世为痴人。吾族高天日，令尔气断魂，呼罗珊至尊，族谱入青云。"白沙尔的讽刺诗调侃权贵，嘲弄群小，连宰相和哈里发都不肯放过，被统治阶级视为眼中钉，终于被指控犯了"伪信"罪，惨死于哈里发马赫迪（775—785年在位）的鞭笞之下。

另一位波斯籍诗人阿布·努瓦斯（762—813），为人耿直豪爽，风流洒脱："喜听丝竹管弦的悠音，爱用粗杯海碗饮酒；将'虔信'的外衣扔一旁，投身'不道德'的渊薮；扯着放荡的尾巴恣狂，扭着嬉乐的腰身行走。"他憎恶达官显贵的"虚伪和掩饰"，写诗奚落朝中那些道貌岸然的伪君子："畅饮白酒照直说，切莫背人偷偷喝！"阿布·努瓦斯的情诗写得感情奔放，色彩绚丽，别有新意。如"纵欲放情乐开怀，猥词俚语信口来。夜半更深乐不尽，歌美弦妙配佳音。何时想听歌女唱，何时帐篷夜栖身。及时行乐春难久，朝朝暮暮醉醺醺。"与其说这是诗人纵情享乐的自我表白，倒不如说它是王孙贵胄花天酒地、纸醉金迷生活的真实写照。

阿布·努瓦斯的诗歌题材多样，在各类抒情诗中以咏酒诗成就最高。诗人钟情于酒，嗜酒如命。他爱酒、恋酒、视酒为"情人"、"密友"；他饮酒、醉酒，因为"惟其酩酊大醉，我才感到幸福与富有"；他颂酒、赞酒，因为"杯中香醇"能医治他的心灵创伤，寄托着他的理想和追求。伊斯兰教本来是反对和禁止穆斯林喝酒的，而阿布·努瓦斯却反其道而行之，并且直言不讳，以此为荣。"迷妄之路我自选，舍尽才华奔异端。我行我素好逍遥，享乐放荡乐无涯。乐及时，胜过盼来世望眼欲穿；尽欢笑，强似卜幽冥等得心焦。未曾见人死后报，天堂地狱进哪边。"诗人还声言:"宿命,反宿命,谁也说不清。死亡和坟墓,才是真实情。"阿布·努瓦斯的狂放不羁和纵酒妄为,被当作"伪信"的证据,为虔诚的宗教徒所不容,经常受到辱骂和谴责,还曾被哈里发投进大牢;但在具有"舒欧比"思想倾向的人们中,他的为人品质和颂酒诗篇却受到普遍的尊敬和欢迎。在阿拉伯文学史上,阿布·努瓦斯被誉为"诗歌革新派的代表人物"。这对他来说是当之无愧的。

与阿布·努瓦斯以情取胜的诗风迥然不同的,是非阿拉伯苦行诗人阿布·阿塔希亚(748—825)富于哲理的诗歌创作,他生于伊拉克的安巴尔城郊,曾做过陶器商。后因写诗出众,被召入宫。他看不惯荒淫奢侈的宫廷生活,对达官显贵的虚伪、残暴更加憎恶,50岁时毅然离开皇宫,出家静修。在此期间,他写了大量宣扬苦行主义的劝谕诗,表达自己对生与死的思考,对今世和来世的认识,鼓励人们乐善好施,苦行修炼,多积阴德。诗云:"生者终死,建者终废。尔等众人,皆将不存。生由泥土,死化为尘。既然如此,为谁建尊?死神公断,不疏不亲。生死有命,一视同仁。"阿布·阿塔希亚赋予他的诗歌以发人深省的哲理,从而把传统的苦行诗推向前进。在苦行修道的生涯中,诗人亲身体验到普通百姓的生活艰难:"谁人替我尽忠言，百姓购物价上天。收益进项日日少，众人需求时时添。孤儿寡母守空宅，艰难困苦常相伴。果腹遮体靠谁助，何人解忧排灾难？"从阿布·阿塔希亚带有宗教劝谕性的诗歌中，似可见古波斯摩尼教的影响，多少含有苏非神秘主义诗歌的意味。

阿巴斯王朝前期还有一部分诗人，主张沿袭阿拉伯传统诗歌的道路，热衷于仿效古人，注重诗歌的持重和雄浑风格，并在此基础上，丰富和发展传统诗歌的内容和主题。希腊人后裔阿布·泰玛姆（796—843）就是这批"守旧派"诗人的代表之一。除了诗歌创作之外，他编选了《激情诗集》等7部古代阿拉伯诗歌集，为后人留下一份珍贵的文学遗产。

（3）散文巨匠贾希兹

贾希兹（775—868）被认为是阿拉伯艺术散文和讽刺文学的奠基人。他生于巴士拉，幼年丧父，其宗谱传承不详，一说为波斯人后裔。从少年时起，他就十分好学，勤奋读书，用心思考，迅速成长为小有名气的青年作家。哈里发马蒙（813—833年在位）读了他写的《权位之书》，颇为欣赏，召他进宫任职；但因同僚的嫉妒和排挤，未能久留。他在京城广泛结交文人学士，并与宫廷显要保持联系。此间，他曾游历中东地区，积累了丰富的生活经验，作为穆尔太齐赖派哲学家，贾希兹著书立说，阐释该派的自由意志论等教义。此外，他还在政治经济、社会道德、自然科学和史地文学等方面发表著述。据说，他一生撰写了170多部著作，可谓"百科全书式"的作家。

《方圆》是贾希兹为讥讽论敌伊本·阿布杜沃哈布的孤陋寡闻而写的一本书。书中提出一百个有关社会科学和自然科学诸方面的问题要对方回答，其答案在贾希兹的其他著作中全能找到。作者在提问的话里，对论敌多有戏谑和揶揄之词，使人在风趣幽默之中获得有益的科学信息。《表达与阐述》是一部文学艺术杂论，着重阐明语法修辞和文艺原理，书中提及希腊哲学和逻辑学，阿拉伯文学和波斯文学，以及印度哲理、犹太教和基督教的训诫等等。长达7卷的《动物》一书，在描写各类动物特性的同时，引用大量诗歌、传统、故事、趣闻和格言，并在章节转换时，插进哲理性的评论，于是成就了一部几乎囊括当时各民族文学、宗教和习俗的长篇巨制，显示出作者的知识渊博，思想深邃；但在全书的编排上，则显得杂乱无序。贾希兹最具文学意味的作品是《吝啬人》，讲述了有关悭吝者和守财奴的趣闻和故事，描绘出一幅展现城乡居民生活情景的画卷。作者笔下的人物形象栩栩如生，有的就是现实中的人，而且直录其名。书中对吝啬人的心态刻画得入木三分，一针见血地指出，大凡悭吝者必竭力加以掩饰，但对他人的小气却是格外敏感。贾希兹对吝啬者的讥讽很有分寸，特别注意划清悭吝与节俭的界限，视勤俭持家为高尚的美德，这正显示出讽刺作家的高明之处。

总的看来，贾希兹的散文作品内容丰富，贴近生活，文笔简洁，寓意深刻。他的主要艺术手法是寓科学知识于传闻故事，寓庄严明理于诙谐风趣，使读者在轻松愉快的氛围中，获得知识和教益。如果说伊本·穆加法的散文侧重于历史的借鉴，那么贾希兹的散文则是直面人生；前者借古喻今，带有规劝帝王的性质；后者揶揄讽刺，是对社会弊端的鞭挞。贾希兹的散文风格具有创新的意义，对后世文学家产生了深远的影响，如《故事之源》的作者伊本·古太白（828—889）、《文学大观》的作者阿布·阿巴斯·穆巴莱德（826—898）和《罕世璎珞》的作者伊本·阿布迪·拉比（860—940）等。

5. 穆台纳比——阿拉伯民族诗人

9世纪中叶以后，阿巴斯政权日趋衰微，哈里发

一、初兴时期

大权旁落，形同虚设；地方王朝相继建立，各自为政，仅在表面上承认哈里发的宗主权。帝国境内民族混杂，教派林立，代表不同民族和阶级利益的政治集团和宗教派别之间的斗争尖锐而复杂。面对日益增强的异族势力，阿拉伯人的社会地位急剧下降，原先作为征服民族拥有的权势几乎丧失殆尽，被迫沦为受人歧视的臣民，过着忍气吞声的屈辱生活。在这阿拉伯民族一蹶不振，精神濒临瓦解的年代，出现了一位具有强烈民族情感和民族意识的天才诗人，他就是阿布·塔伊布·穆台纳比。

穆台纳比（915—965）生于伊拉克的库法，童年丧母，家境贫寒，由祖母抚养长大。青年时代曾伪称先知鼓动贝杜因部族掀起叛乱，遭当局镇压，被监禁两年。后因诗才出众，受到阿勒颇统治者萨伊夫·道莱（944—967年在位）的赏识，被纳为宫廷诗人。他曾伴随这位哈姆丹王朝（927—991）的艾米尔，数度出征桀骜不驯的贝杜因部落和参加抗击拜占廷的战争。嗣后，因遭宫中小人谗言相害，穆台纳比愤而出走，赴埃及伊赫什德王朝（935—969）卡夫尔苏丹宫廷供职。晚年应布维希王朝（945—1055）苏丹阿达德·道莱（949—983年在位）之邀前往设拉子，在返回巴格达的路上遭盗匪袭击，不幸身亡。

穆台纳比从青年时代起就是个胸怀远大,具有崇高理想,勇于进取,意志坚强的诗人。他立志报效阿拉伯民族的复兴大业,为振兴阿拉伯人的民族精神四处奔走呼号。他一生坎坷,怀才不遇,难以实现自己的宏伟抱负,因而产生怨恨、愤怒和反抗,始终不肯向强权屈服,不肯同流合污。穆台纳比题材广泛、体裁多样和个性鲜明的诗歌创作,就是他战斗一生的辉煌记录。

穆台纳比的诗歌感情奔放,气势豪迈,具有震撼人心的力量。他赞美"挺胸迎枪刃,举首向午阳"的大无畏气概;歌颂勇往直前、不怕牺牲的献身精神:"世人皆贪生,常求自留身;懦夫惜命苟且过,勇士自珍战白头。"他认为人生在世,不能逆来顺受、忍辱屈从,而应该"像雄狮一般威武",去奋力抗争。他常以阿拉伯传奇英雄安塔拉自诩,立志做顶天立地、叱咤风云的豪杰:

美酒女人不足奇,
持剑征战才荣光;
叱咤风云在尘世,
十指到处有巨响。

一、初兴时期

穆台纳比的诗歌饱含人生的哲理，给读者以有益的启迪。在他看来，生活的空间就是无形的战场，要求生存和发展，就要奋力拼搏，做生活的强者，"用强力取胜的人，绝不需要去祈求"。他蔑视怯懦和退缩，因为那将意味着屈服和受辱。他深有体会地告诫同族兄弟："谁若自甘卑贱，他就必然遭受屈辱；恰似一具僵尸，怎么刺都不觉痛楚。""谁像我深谙世态炎凉，他就会挺身操矛反抗。"生命诚然可贵，但它转瞬即逝；死亡是必然的，也就无所畏惧："我们每人都难免一死，何须畏惧这注定之事。人们对生命过于贪婪，而它是从时光中获取；这灵魂来自它的天宇，这躯体归于它的土地。"这类哲理诗看似平淡无奇，但却寓意深邃。联系当时的时代背景不难看出，诗人的用意在于消除弥漫在阿拉伯人心头的民族失落感，在于振奋阿拉伯人的民族精神，号召他们挺起胸来，勇敢地做人，为恢复阿拉伯人的尊严和荣耀而贡献力量，让短暂的一生焕发出夺目的光彩。穆台纳比之所以为当权的阿拉伯人萨伊夫·道莱歌功颂德，那是因为在他身上看到复兴阿拉伯的一线希望。

穆台纳比的诗歌带有鲜明的时代特征和突出的个性。他骄傲地宣称："我不靠部族而尊荣，部族却因我而自豪；我不以祖先而炫耀，只为我自己而骄傲。"才华横溢的诗人有时显得锋芒毕露,咄咄逼人:"满座宾朋将会知道,卓尔不群我最英豪;沙漠、战马、夜色送我起程,宝剑、长矛、诗文为我作证。"表面看来,似乎诗人过于矜持、自负,其实字里行间表露的恰好是当时阿拉伯人所缺乏的民族自豪感和自强不息的民族自尊心。穆台纳比目睹阿拉伯人创建的庞大帝国四分五裂,混乱不堪,由衷地发出叹息:

国家不可一日无君,
民众不可一日无主;
阿拉伯人时乖运塞,
帝王们全都是异族!

诗人不愿看到"那里的民众都像羔羊,被一个奴隶执鞭牧放。"唯其如此,他才热情地讴歌自尊、自爱和自强不息的精神,他才以夸张的手法赞誉抗争、勇敢、刚毅、坚韧不拔和视死如归的英雄品质。作为时代的骄子,穆台纳比不愧为是阿拉伯杰出的民族诗人。

二、波斯文学的崛起
（9世纪中叶—11世纪上半叶）

1. 概述

7世纪中叶阿拉伯人入主波斯，灭萨珊王朝（226—651）。伊斯兰教发展史上的这一重要事件，使伊朗历史出现重大的转折。不甘心沦为亡国奴的波斯人，以各种不同的方式进行反抗，力图光复故土，恢复昔日波斯帝国的荣光。推行民族歧视政策的倭马亚王朝统治不足百年，就被以波斯"马瓦里"为主要力量的人民起义所推翻。阿巴斯王朝前期诸哈里发汲取以往的经验教训，政治上启用波斯显贵（如巴尔马克家族三代人相继成为朝中重臣),效仿和实行波斯萨珊王朝的行政制度;文化学术上支持和赞助"百年翻译运动",全面借鉴和吸收波斯、希腊和印度的优秀文化遗产;思想上受"舒欧比"思潮影响,赞同伊斯兰教旗帜下各穆斯林民族一律平等的主张。与此同时,哈里发大权旁落,各地诸侯坐地为大,异族政权相继而起,国家陷入四分五裂的境地。当时影响较大的伊朗地方王朝有塔希尔王朝(820—872)、萨法尔王朝(867—908)、萨曼王朝(874—999)、布维希王朝(945—1055)和伽色尼王朝(962—1186)等。波斯文学的崛起,正是在伊朗各地方王朝的扶持和赞助下得以实现的。

萨珊波斯人使用的帕莱威语(即中波斯语)因读写极其困难,很快被经过改良的阿拉伯语取而代之。阿巴斯王朝前期的波斯文人学者,除少数琐罗亚斯德教(祆教)祭司外,均以阿拉伯语进行写作,并为阿拉伯传统文化的发展,作出了宝贵贡献。9世纪中叶,随着伊朗地方王朝的兴起,发源于呼罗珊和阿姆河以北地区的达里波斯语(即新波斯语,简称波斯语)逐渐取代帕莱威语而成为伊斯兰时期波斯人的书面语言;从此开始出现波斯语诗歌创作,并于萨曼王朝时期形成初步的繁荣局面。作为波斯语先驱诗人的代表，鲁达基以其内容丰富、体裁多样的古典格律诗创作，赢得了"波斯语诗歌之父"的美称。然而，波斯古典诗歌的奠基人与其说是鲁达基，毋宁说是菲尔杜西，因为后者以他里程碑式的巨著——民族英雄史诗《王书》（又译《列王纪》），不仅为后世的诗歌创作提供了大量的原始素材，而且对波斯语的健康发展及其文学地位的提高，产生了深远的影响。鲁达基和菲尔杜西的出现，标志着波斯文学，尤其是古典诗歌的崛起。

2. 鲁达基——"波斯语诗歌之父"

鲁达基（850—941）生于撒马尔罕近郊鲁达克镇巴诺杰村，自幼天资聪颖，8岁时即能背诵《古兰经》。他酷爱音乐，能弹会唱，又写得一手好诗，是位出色的民间歌手。因诗才非凡，被召为萨曼王朝宫廷诗人，深得纳斯尔·本·阿赫玛德国王（913—942年在位）及其首相阿布法兹尔·巴尔阿米的赏识和器重。据说，一次阿赫玛德国王前往赫拉特巡察，见那里风光秀丽、景色迷人，竟陶醉其中，乐不思归。随行官员心里着急，可又不敢劝谏，只好请鲁达基出面。鲁达基求见陛下，献诗一首。其中唱道："布哈拉呵，你喜展笑颜，只因君主远道归来，相聚会面。君主如明月，布哈拉是苍天，明月皎洁，又将在夜空出现。君主如松柏，布哈拉是林园，郁郁松柏，将偎依在林园身边。"国王听罢，如梦初醒，当即起身返回京城，连马靴都没顾得穿。巴尔阿米赞扬说："在阿拉伯和波斯诗人当中，鲁达基是无与伦比的。"晚年，鲁达基因涉嫌参与政治活动被挖掉双眼，逐出宫廷，全部家产也被没收，在贫病交迫下返回故里，不久便与世长辞。

鲁达基是位多产诗人，一说他的诗集长达百卷，一说他总共写诗20万行，更有甚者说他写了200多万行诗。流传到今天，鲁达基的诗作不过2000余行。他在诗中规劝世人不要吝啬贪财，而应乐善好施；不要为功名利禄奔忙，而应珍惜生命，积累知识，乐观处世。"健康、理智、温和的性情和良好的声誉，具有这四种品质，正直的人就无忧无虑。"诸如此类的说教，明显带有琐罗亚斯德教影响的痕迹。鲁达基很少写诗宣扬伊斯兰教，而对宗教上层人士的虚伪却深表不满："你面对壁龛又有何益？心里只想着布哈拉和塔拉兹美女；真主感受到的是你爱的困惑，而不是你虔诚的心意。"

二、波斯文学的崛起

鲁达基并非最早用波斯语进行创作的诗人,但在波斯古典格律诗产生和发展的初期,他确是一位成绩斐然的作家。在各种古典格律诗体的创作上,他都有佳作传世,如"伽西代"颂诗《酒颂》和《暮年》,"伽扎尔"抒情诗《劝说君主返回布哈拉》,"玛斯纳维"叙事诗《卡里莱与迪木乃》(只残存百余行)等。此外,鲁达基还是短小精悍的"鲁拜"和"杜·贝蒂"诗体的创始人。在伊朗文学史上,鲁达基和菲尔杜西被认为是"呼罗珊体"诗歌流派的代表人物。这种诗体盛行于9世纪下半叶至11世纪上半叶伊朗东部地区,其特点是语言朴实,不尚雕琢,叙事简明,通俗晓畅,很少使用阿拉伯语汇和科学术语。作为波斯语先驱诗人中的佼佼者,鲁达基享有"诗人的导师"、"波斯语诗歌之父"的美誉,是当之无愧的。

继鲁达基之后萨曼王朝最著名的宫廷诗人是塔吉吉(?—977)。他在诗中公然申明自己坚持琐罗亚斯德教信仰。约在976年,他奉旨将散文体《王书》和民间流传的故事改写成诗,只写了一千余行,即被仆从杀害。菲尔杜西将他的千余行诗收录于自己的史诗《王书》,以示对这位不幸殉难的诗人的悼念。与鲁达基同时代的女诗人拉贝埃(生卒年不详),是波斯诗歌史上第一位女诗人,她的爱情诗写得感情充沛,流丽纤巧。有关她殉情而死的动人故事在民间广为流传,后被苏非诗人阿塔尔(1145—1221)写成叙事诗,借以表达对真主的神秘的爱。

3. 菲尔杜西和他的《王书》

菲尔杜西(940—1020)生于呼罗珊的图斯,没落地主家庭出身,自幼受到良好的文化教育。他熟习阿拉伯语和帕莱威语,对伊斯兰哲学和宗教学也有一定造诣。菲尔杜西的大半生是在萨曼王朝时期度过的。该伊朗地方政权热衷于复兴古波斯文明,鼓励和赞助为古波斯帝王树碑立传。在菲尔杜西之前已有5部《王书》问世,其中3部是散文体,另两部为诗歌体。菲尔杜西主要依据萨曼王朝呼罗珊省督阿布·曼苏尔下令编撰的散文体《王书》,参考帕莱威语史著《赫瓦塔伊·纳玛克》(即《帝王纪》),并深入民间广泛搜集素材,呕心沥血30余年,终于完成了长达十万余行的近韵体民族史诗《王书》。按照当时的惯例,菲尔杜西将经过修订的《王书》奉献给入主呼罗珊的突厥族国王马赫穆德(998—1030年在位)。诗人非但没有得到赞许和奖赏,反而遭到伽色尼朝廷的追捕和迫害,不得不四处流浪。菲尔杜西逝世后,他的遗体不准葬于穆斯林公墓,只准葬在自家的庭院。然而,没有讨得统治者欢心的诗人,千百年来,却赢得了广大民众的爱戴。他精心创作的民族英雄史诗《王书》,传遍了伊朗和伊斯兰国家,乃至整个世界。

(1)《王书》的主要内容

卷帙浩繁的史诗《王书》结构宏伟,人物众多,几乎囊括了前伊斯兰时期和伊斯兰初期伊朗民间流行的神话、传说和历史故事。从开天辟地、文明之初写起,直至伊朗萨珊王朝(226—651)被游牧的、笃信伊斯兰教的阿拉伯人所灭。上下四千余年,经历了50位国王的统治。主要记述传说中伊朗庇什达德王朝、凯扬王朝和历史上萨珊王朝诸帝王的文治武功,众英雄的丰功伟绩。书中生动地再现了各个历史时期伊朗人民的劳动生活、社会斗争和精神风貌。因而,它被认为是古波斯人政治、文化生活的百科全书,民族成长和发展的历史画卷。从写作顺序和体裁上,似可将《王书》描述的历史内容大致划分为三个部分。

①神话传说(公元前3223—公元前782),约万余行诗,着重记述伊朗雅利安人的起源,古波斯文明

的萌芽，火的发现，农耕的开始，衣食的制作和文字的使用等。这部分以庇什达德王朝诸帝王与恶魔阿赫里曼及其他妖怪的斗争为主要线索，言简意赅地述说了"人类始祖"凯尤马尔斯、"最初的立法者"胡尚格、"披坚执锐的镇妖者"塔赫穆雷斯和"拥有良畜的美男子"贾姆希德等帝王的功业，最后比较详细地描写了暴君扎哈克的千年苛政和铁匠卡维的揭竿而起。

②英雄传奇（公元前782—公元前50），约6万余行诗，是史诗的精华和核心部分。作者通过对传说中的伊朗与邻国突朗之间长达数百年之久的战争（从庇什达德王朝后期至凯扬王朝结束）的详尽描述，成功地塑造了若干开拓疆土，抗击异族入侵的帝王形象，如性情乖戾、好大喜功的凯·卡乌斯，文武双全、智慧贤明的凯·霍斯鲁和权迷心窍、阴险狡诈的古什塔斯布等；歌颂了一大批忠君爱国、为民立功的英雄人物，如鲁斯塔姆世家和凯扬诸王子、国师古达尔兹和军事统帅图斯世家，以及米拉德、法里东和巴尔津等家族成员，无不是功绩卓著、声名显赫的豪杰。尤其是"盖世英雄"鲁斯塔姆，戎马一生，东征西讨，劳苦功高，接连3次保驾救主，使凯·卡乌斯免遭罹难，先后7次力挽狂澜，使凯扬王朝转危为

安,真不愧为国家和军队的中流砥柱。有关他的故事片断,写得精彩纷呈,感情沛然,堪称波斯古典叙事诗的典范。

③历史故事(公元前50—公元651),约3万余行,主要描述萨珊诸帝王的内政外交和国家的兴衰荣辱。其中对开国立业的阿尔达希尔·帕帕克,以"宽肩"著称的沙普尔,勇武过人的巴赫拉姆·古尔,治国有方的阿努希尔旺,与亚美尼亚姑娘希琳相爱的霍斯鲁·帕尔维兹等帝王的形象,刻画得比较生动细腻。有关历史上马资达克教徒起义,著名宰相伯佐尔格·梅赫尔的直言进谏,象棋从印度的传入,《卡里莱与迪木乃》的翻译,以及边陲守将巴赫拉姆·丘宾的叛乱等故事的描写,也给人留下颇为深刻的印象。

(2)《王书》的主要英雄人物形象

史诗《王书》素有"鲁斯塔姆书"之称。这是因为在人物众多的史诗画廊中,鲁斯塔姆的形象最为高大、丰满和光彩照人。这位叱咤风云的锡斯坦诸侯,身披虎皮战袍,手执狼牙大棒,举长弓箭无虚发,掷套索百发百中,刀枪剑戟十八般武器样样精通。他胯下的坐骑拉赫什,是一匹神驹宝马,行走如飞,吼声如雷,且有灵性,能通人语,使英雄如虎添翼，驰骋疆场，所向无敌。每当国家遭受异族侵略、危在旦夕之际，鲁斯塔姆便挺身而出，执干戈以卫社稷，其矛头所指，无坚不摧。有关他的赫赫战功仅举一例为证。

为搭救身陷图圄的凯·卡乌斯国王，鲁斯塔姆不顾个人安危，选择一条艰难险阻的近路，只身前往马赞德兰，连闯"七道难关"；勇斗雄狮，坐骑拉赫什立下头功；忍受饥渴，走出一望无垠的荒漠；大显神威，力斩通人语的巨龙；识破奸计，不为"美女"的酒宴所惑；生擒蛮将，说服乌拉德充当向导；力战群魔，除掉主妖阿尔让格；潜入魔窟，制伏穷凶极恶的白魔王。英雄挖出白魔王的心肝，将鲜血滴进凯·卡乌斯的眼中，使国王双目复明。此后又有两次救驾保主的壮举，鲁斯塔姆因而荣获"盖世英雄"和"王冠赐予者"的徽号。

享有"智慧、力量和神圣灵光"的鲁斯塔姆，虽然劳苦功高，但并不居功自傲，更无觊觎王位的非分之想，始终偏安一隅，做他的锡斯坦诸侯。然而，当国王利令智昏，专横霸道时，鲁斯塔姆绝不卑躬屈膝，逆来顺受，而是刚正不阿，据理力争。唯其如此，他才蒙受不白之冤，遭到国王的刁难、指责和打击，以致给他带来莫大的痛苦和不幸。也正是在这一

二、波斯文学的崛起

点上,充分显示出鲁斯塔姆出类拔萃、超群绝伦的英雄本色。

少年英雄苏赫拉布攻克白堡,危及伊朗安全。凯·卡乌斯诏令鲁斯塔姆进宫,共商克敌大计。只因英雄耽搁了数日,国王便令图斯将他推出宫外问斩。鲁斯塔姆勃然大怒,厉声斥责道:"你大权在握,罚而不当,哪里配得上作君王?这王冠与其戴在你头上,还不如挂到巨蛇的尾巴上!"言毕,飞身上马,扬长而去。后来由于阴错阳差,战场上父子互不相认,终于演成误杀爱子的悲剧。当古达尔兹前去索求"起死回生"之药时,凯扬国王断然拒绝,说什么"假如我把万应灵药恩赐于他,那少年得以康复,会再度称霸。到那日,鲁斯塔姆如虎添翼,你我君臣,他怎会放在眼里?"为了手中的权,国王竟然忘恩负义,见死不救,给英雄造成巨大的精神创伤。

凯扬王朝后期执政的古什塔斯布,借口鲁斯塔姆长期不进宫朝拜,有失君臣之礼,要拿他是问。为此,特派王子埃斯梵迪亚尔领兵前往锡斯坦,押解英雄进京治罪。单就鲁斯塔姆的秉性而言,要他忍受人格污辱,被五花大绑地押送京都,这是无论如何也不能从命的!若要违抗圣旨,就必然与他所敬重的王子兵戈相见,一决雌雄。由于埃斯梵迪亚尔为了早日继承王位，丝毫不肯退让，于是悲剧不可避免地发生了。曾连闯七道关口，一举攻克固若金汤的鲁因城堡，直捣突朗国君阿尔贾斯布的老巢，并为琐罗亚斯德教的广泛传播作出巨大贡献的埃斯梵迪亚尔，终于被英雄借助大鹏的神力而射死于疆场。造成这场自家人相互残杀悲剧的元凶，正是凯扬国王古什塔斯布。大鹏的预言应验了，王子去世不久，鲁斯塔姆便被同父异母兄弟沙加德用奸计杀害于喀布尔狩猎场的陷阱中。鲁斯塔姆及其英雄世家的败落，绝不只是个人和家族的不幸，而是整个伊朗民族的悲剧。联系菲尔杜西所处的时代背景看，英雄形象的悲剧意义，正在于激起人们的"悲悯和畏惧"，从而避免其重演。

（3）《王书》的地位和影响

旨在宣扬民族爱国主义和英雄主义的史诗《王书》，以脍炙人口、可歌可泣的众多人物形象和有关国家兴衰荣辱的历史性总结，成为鼓舞和激励伊朗人民抵御外侮、反抗侵略的强大动力。菲尔杜西的诗句铿锵有力，刻骨铭心：

> 我们与伊朗休戚相关，
> 愿为伊朗而决一死战。
> 为捍卫祖国和子子孙孙，

二、波斯文学的崛起

> 为保护妻儿和骨肉至亲,
> 每个人甘愿献出生命,
> 决不把国土拱手让人。
> 勇士呵,你若光荣献身,
> 强似忍辱苟活伏首称臣。

《王书》不仅是古波斯神话、传说和历史故事的总集,同时也是琐罗亚斯德教文化传统的发扬光大者。波斯古经《阿维斯塔》阐发的以"抑恶扬善"为宗旨的"善恶二元"论,宣扬"君权神授"的"灵光"说,强调劝善惩恶的"三善"(善思、善言和善行)原则,和带有神秘宗教色彩的"祥瑞观念"等,在《王书》的字里行间,尤其在劝谕性的段落里,或隐或显地有所表露。这类宗教哲学思想通过《王书》的流传,对伊斯兰时期波斯人的审美意识、道德观念和政治信仰产生深远的影响。菲尔杜西之后的伊朗诗人和作家,经常从《王书》中寻找素材或受到某种启发而进行再创作。如阿萨迪·图斯(1010—1072)的英雄史诗《伽尔沙斯布传》,伊本·霍萨姆(?—1470)的宗教史诗《哈瓦朗·纳梅》和内扎米(1141—1208)的爱情故事诗《霍斯鲁与希琳》等。《王书》确是一部具有划时代意义的不朽巨著。

与印度的《摩诃婆罗多》并列为"古代东方两大史诗"的《王书》,对维护和发展新兴的波斯语作出了不可磨灭的贡献。史诗中的阿拉伯语汇不超过全部词汇量的十分之一。菲尔杜西有意识地尽量避免使用阿拉伯语词,意在巩固和提高波斯语的地位,打破阿拉伯语独霸文坛的格局,进而取代阿拉伯语文学在伊斯兰文学中的主导地位。诗人满怀豪情地吟道:"我三十年辛劳不辍,用波斯语拯救了祖国。""谁若有理智、见识和信念,我死后定会把我热情颂赞。不,我是不死的,我将永生!因为我把语言在大地播种。"《王书》语言准确而流畅,朴实而生动,娓娓道来,给人以亲切之感,不愧为"呼罗珊体"诗歌的典范。

4. 伽色尼王朝宫廷诗人

宫廷诗是古典格律诗的一种形式,宫廷诗人在早期波斯语诗歌创作中占有重要的地位。可以说,若没有伊朗早期地方王朝宫廷诗的兴起,也就不会有波斯语诗歌的繁盛。萨曼王朝时期,因为统治者热衷于恢

二、波斯文学的崛起

复和发扬古波斯的文化传统,所以宫廷诗人的创作主题多与缅怀先王业绩和振兴民族精神有关。由突厥人创建的伽色尼王朝(962—1186),在马赫穆德(998—1030年在位)时期极为强盛。他对外军事扩张,曾12次远征印度;对内实行专制,残酷镇压什叶派,尤其是伊斯玛仪派信徒。伽色尼君主承袭萨曼遗风,特别器重波斯诗人,如翁索里、法罗希和玛努切赫里等,奖以重金,赐以徽号。于是,宫廷诗人们便投其所好,报以歌功颂德。因而,伽色尼王朝的宫廷诗多为立意不高的应制之作,艺术上的创新虽说也有,但并不多见。

被马赫穆德封为"诗王"的翁索里(961—1039),才思敏捷,出口成章,擅长即兴吟诗。一次国王因见朝中弄臣将头发剪断而面带愠色,翁索里当即吟诗道:"头上青丝剪何妨,切莫愁坐暗自伤;良辰美酒人应醉,柏枝去后枝更长。"国王听罢,转怒为喜,予以重赏。翁索里一生写诗6万行,流传至今不过4000行,其中以风格凝练、精美、雅致的"伽西代"颂诗尤为出色。他的颂诗多从描绘自然景象入手,然后巧妙地转入对帝王的歌颂;有时也采用开门见山的技法,起笔就写帝王的文治武功。因为常随马赫穆德国王远征近伐,他还创作了不少赞扬将士英勇杀敌的诗篇。据说，翁索里曾根据民间爱情故事，写出《瓦梅格与阿兹拉》等几部叙事诗，但均已失传，仅在词书中收有若干诗句。

法罗希（？—1037）在伽色尼宫廷诗人中地位仅次于翁索里。生于锡斯坦，其父曾在萨法尔朝廷作官。幼年受到良好教育，有诗歌天赋，并通乐理。在为马赫穆德及其嗣王歌功颂德的诗作中，法罗希常以明丽流畅的抒情诗句开头，字里行间跳动着欢快诱人的音符，给人以音乐美的享受。法罗希的诗歌传世18000余行，内容极其广泛，既有刀光剑影的战场厮杀，又有觥筹交错的宫廷盛宴；既有国王外出狩猎，又有民间节日活动，向人们展示了生动的生活画面。颂诗《悼念马赫穆德王》是法罗希的代表作。作者从伽色尼城居民陷入极度悲痛和不安之中写起，"家家户户都在哀痛中哭喊，哭叫声把人们的心绪搅乱"，为正文渲染气氛，做好铺垫。中心段落颂扬马赫穆德的生平业绩，抒发诗人的深切哀悼；想象中国王并没有死，而是酒后酣睡，久唤不醒，此处诗句复沓，回肠荡气，感人至深。最后以对国王的盛赞和祝福作结。全诗结构严谨，首尾呼应，一气呵成，不愧为伊朗古典颂诗的佳作。

玛努切赫里（？—1040）生于达姆甘，自幼天资聪颖，勤奋好学。年轻时即成为齐亚尔王朝（982—1042）玛努切赫尔国王的宫廷诗人，故得名。后被召至伽色尼宫廷，效力于玛斯乌德国王（1031—1040年在位）。玛努切赫里的诗歌特点是，大量借鉴和引用阿拉伯民间故事、传说、谚语和格言，有时还直接模仿阿拉伯诗人的创作，采用他们惯用的主题和韵律。他在描绘自然风光、赞颂美酒香醇、咏叹夜莺鲜花的同时，还对一望无垠的荒漠、忍饥耐渴的骆驼和断垣残壁的废墟寄以深情。玛努切赫里不但以格调清新、优美典雅的"伽西代"颂诗和"伽扎尔"抒情诗赢得赞誉，而且还独创一种新式的"莫萨玛特"体诗，为波斯古典格律诗的发展作出了贡献。

5. 波斯古典格律诗的类别和特征

以鲁达基和菲尔杜西为代表的波斯诗人的崛起，打破了阿拉伯语诗歌"一统天下"的局面。从此以后，伊斯兰文学步入发展的新阶段，即由单一民族语言的文学，转变为多民族语言的文学。其中波斯语文学发展迅速，后来居上，取代阿拉伯语文学而占据伊斯兰文学的主导地位。这种情形一直延续到19世纪末。

在借鉴和改造阿拉伯诗歌韵律基础上形成的波斯古典格律诗,是伊斯兰诗歌的精华和主要组成部分。它从产生、发展到成熟,大约经过五六百年的时间(9世纪中叶至15世纪末)。这当中比较流行的格律诗主要有以下几种。

(1) 伽西代

由15个或20个以上联句(贝特,相当于双行)组成。诗中第一个联句的两个单句(梅斯拉,相当于单行)必须押尾韵,以下联句中的两个单句可不押尾韵,但结尾时必须与第一个联句同韵脚。波斯诗人常用30个至50个联句的格式。诗句多少不限,视作品内容和创作需要而定。有的长篇伽西代诗甚至包含上百个联句,如伽阿尼(?—1853)的一首颂扬"穆民统帅"阿里的诗作,竟长达337个联句。伽西代一般由序诗(玛特拉)、中转诗(玛赫拉斯)和尾诗(玛格塔)三部分组成,写作时要注意把握它们之间的有机联系。伽西代的韵律要求庄严、凝重,以适合表现重大的题材为宜。它所表述的内容十分丰富,或赞颂帝王将相和宗教首领,或阐述人生哲理和宗教信条,或追悼亡友和抒发爱情,或自我炫耀和讥讽社会弊端等等。伽西代诗人多为宫廷诗人，如前述的鲁达基、法罗希和翁索里等。

（2）伽扎尔

由伽西代开头部分的抒情诗发展演变而成的一种格律诗，多用来表现爱情主题。通常由7个至14个联句组成，押尾韵的规则与伽西代相同。伽扎尔在形成之初，一般比较短小精悍。蒙古人统治时期（13、14世纪）达到成熟阶段，通常也只有8个至12个联句。伽扎尔的韵律要求轻快、流畅，以适应配乐演唱的需要。它的内部结构与伽西代一样，只是在尾诗中常出现作者的笔名，当然也有例外。约从11世纪起，有人用伽扎尔来表述自己对真主的虔诚和热爱，随后发展成为苏非神秘主义情诗，其代表人物有萨纳伊（1080—1140）、阿塔尔（1145—1221）和毛拉维（1207—1273）。世俗情诗发展到萨迪（1208—1292）达到登峰造极的地步。14世纪出现一种新的情诗。既含有深邃的苏非神秘主义教义和哲理，又以精美洗练的语言表现出内心炽热的情感和对美好理想的执著追求。这便构成了伊斯兰世界抒情大师哈菲兹（1327—1390）的诗歌特色，并成为后世诗人效法的楷模。

（3）玛斯纳维

因为诗中每个联句的两个单句采用aa，bb，cc，

dd，ee……的韵脚形式，故又被称作"莫兹达韦杰"（意为"成双配对的"）。玛斯纳维多用来创作长篇叙事诗。它没有固定的韵律要求，一般采用短促、轻快的音韵节奏，如"莫特伽雷布"、"拉玛尔"和"哈扎杰"韵等。阿拉伯诗人很少用这种诗体，但在波斯却极为流行。从内容看，玛斯纳维叙事诗大致可分为三类。一类是史诗，如菲尔杜西的《王书》；一类是爱情故事诗，如内扎米的《霍斯鲁与希琳》；一类是宗教劝谕诗，如毛拉维的《玛斯纳维》。

(4) 鲁拜和杜·贝蒂

这两种格律诗均由两个联句，即4个单句组成。诗中第1、2、4个单句必须同韵脚，第3个单句押不押尾韵皆可。鲁拜和杜·贝蒂的区别在于使用的韵律不同。后者的音韵被称作"莫沙·凯尔"，源自于萨珊帕莱威语诗歌的韵律，故而也称其为"法拉维"（即帕莱威）体诗。

鲁拜体诗约产生于9世纪末10世纪初，据传鲁达基为其创始人。起初它多在酒宴和聚会上配乐吟唱，故又名"塔朗内"（意为"歌曲"）。诗人用这种诗体或抒情咏怀，或阐述人生哲理，或宣扬教义。因为只有4个单句，"离首即尾，离尾即首"，如同我国的绝句，讲究"起承转合"，故要创作出"语短意长,而声不促"的佳作来并非易事。波斯著名鲁拜诗人不少,其中翘楚当推欧玛尔·哈亚姆(1048—1122)。他的诗作朴实无华,词意隽永,富于哲理,耐人寻味。杜·贝蒂开始也被称作"塔朗内",后来才发展成为独立的诗体。这种诗具有浓郁的地方民歌风味,在农村和山区颇为流行。早期苏非诗人巴巴塔希尔(?—1019)用洛里方言创作的杜·贝蒂,纯朴自然,感情炽烈,音调铿锵,悦人耳目,堪称诗中珍品。

(5)伽特埃

由两个乃至数十个联句组成,通常采用5个至7个联句的格式。诗中每个联句的两个单句押不押尾韵皆可,但第一个联句中的两个单句绝不可押尾韵;否则,就容易与伽西代或伽扎尔体诗相混淆;伽特埃的韵律不固定,可任意选择。它多用于表达颂扬、哀悼、讥讽和训诫等内容。诗人之间书信往来,也常用它述说生活感受,抒发思念之情。伊本·亚明(?—1367)被誉为波斯最杰出的伽特埃诗人。

(6)塔尔吉和莫萨玛特

是从伽西代派生出来的两种诗体,其功能和特征基本相同,仅在结构形式和韵脚设置上有所差别。

塔尔吉包括若干诗节,每节诗第一个联句的两个单句必须押尾韵，以下的联句要求与第一个联句同韵脚；同时在每两个诗节之间单独设立一个押尾韵的联句，把前后两节诗隔开——这个"插入联句"若在每节诗的最后重复出现，没有变化，则称其为"塔尔吉·班德"；如若不然，诗句有变，则称其为"塔尔基布·班德"。

塔尔吉体诗对诗节数目和每节诗的联句数目，均没有固定限制。一般由3个至22个诗节组成，每节诗含有7个至10个联句。一首诗中，每节诗包含的联句数目要大体相等，以保持均衡的形式美。对设在两个诗节之间的插入联句，不但要求它的两个单句尾韵相押，而且要求能把前后两节诗的意思连贯起来，起到承上启下的作用；如果这个插入联句在每节诗的末尾重复出现，没有变化（塔尔吉·班德），则更要求它能对全篇内容起到画龙点睛的作用。因而选择和运用好这个相对独立又起桥梁作用的插入联句，便成为创作这类诗成功与否的关键。波斯著名的塔尔吉诗人有贾玛尔丁·伊斯法罕尼（？—1192）、瓦赫希（？—1583）和哈台夫（？—1784）等。

莫萨玛特，词意为"串珠"。据说波斯诗人玛努切赫里（？—1040）最先成功地运用了这种诗体。它由若干诗节组成，每节诗包含5、6个单句。除最

二、波斯文学的崛起

后一个单句外,其他单句必须押尾韵;每节诗的最后一个单句还必须与首节最后一个单句同韵脚。这样每节诗最后一个同韵脚的单句,就像一根线似地将押不同尾韵的若干诗节串在一起,形成一个整体。因为莫萨玛特在韵脚的选择上比伽西代更自由、更方便,所以受到诗人们的欢迎。波斯著名莫萨玛特诗人,除玛努切赫里外,还有玛斯乌德·萨德(1048—1121)和伽阿尼(1807—1854)等人。

伊斯兰古典格律诗,是一门内涵丰富的学问。篇幅所限,这里仅例举几种主要的波斯古典格律诗型,略加介绍。至于阿拉伯的古典格律诗,包括安达鲁西亚(今西班牙南部)的"彩诗"(即"穆瓦舍赫"体诗)在内,只得割爱,不能兼顾了。

三、发展时期

（11世纪上半叶—13世纪中叶）

1. 概述

阿巴斯王朝后期（945—1258），帝国四分五裂，哈里发统治名存实亡，形同虚设。从中央到地方，掌握实权的多为波斯人和突厥人。这时期控制巴格达中央政府的，先后有两个王朝，即什叶派的布维希（白益）王朝（945—1055）和逊尼派的塞尔柱王朝（1055—1194）；前者的君主自称"艾米尔"或"马立克"，后者的君主以"苏丹"自诩。他们都把哈里发当作傀儡。比较重要的地方王朝有埃及和叙利亚的

三、发展时期

法蒂玛王朝（909—969—1171）和阿尤布王朝（1171—1250），波斯的花剌子模王朝（995—1156—1231）等。阿拉伯帝国的分崩离析，给垂涎东方已久的罗马教皇以可乘之机，于是爆发了十字军的东侵（1095年至13世纪末）。因遭到新兴的赞吉王朝（1127—1262）的有力反击，西方基督教徒的扩张野心未能得逞。

内忧外患的阿拉伯帝国，随着伊斯兰体制的确立，在宗教上取得新的发展。什叶派的各支派，如十二伊玛目派、栽德派和伊斯玛仪派等，在掌权的布维希人和法蒂玛人的支持下，势力有明显的增强，但仍不敌强大的逊尼派。塞尔柱人对伊斯兰教的最大贡献，是以官方干预的形式确定艾什尔里学派的教义主张为官方信仰，大致解决了逊尼派内部持续两个世纪之久的神学争论。后经安萨里（1058—1111）的努力，将苏非神秘主义教义纳入正统信仰，使之成为官方教义的组成部分，从而使逊尼派伊斯兰教信仰确立了最终形式。

发展时期伊斯兰文学的重要标志之一，是苏非文学的勃兴。如果说阿巴斯王朝前期和中期主要是阿拉伯语文学以及随之而起的波斯语文学，那么阿巴斯王朝后期则是帝国版图内各民族的多语种文学（如突厥语文学的兴起)。阿拉伯语诗歌和散文,取得长足的进展,其代表人物为阿拉伯"诗中圣哲"麦阿里;在散文创作方面,有不少精通阿拉伯语的波斯作家积极参与,并作出重大的贡献。总的来看,占据文坛主导地位的仍是波斯文学。这时期波斯诗歌和散文从内容到形式均发生极大变化。以宣扬古波斯帝王英雄丰功伟业为主旨的诗文,数量明显减少;代之而起的是富于宗教色彩,饱含人生哲理,以及反映不合理婚姻制度的诗篇和劝谕性伦理道德著述。比较而言,诗歌方面的成就更为显著。欧玛尔·哈亚姆的《鲁拜集》和内扎米的《五卷诗》等,成为流芳千古、泽被后世的名篇佳作。

2. 麦阿里——阿拉伯"诗中圣哲"

阿布·阿拉·麦阿里(973—1058)生于叙利亚的阿勒颇和霍姆斯之间的一小村镇,名门望族出身。3岁患天花,造成双目失明。幼年受到良好的家庭教育,长大后拄杖游历各地,造访书馆,拜师求学,积累了丰富的知识,并赢得学界的尊敬。在从巴格达返回故里途中,得悉母亲去世,悲痛万分。此后,离群索居，埋头写作。麦阿里性格孤僻，长于思考，不沾酒荤，生活清贫。他称自己为"三囚之人"，即因双目失明而被囚于黑暗世界；因远离尘嚣而被囚于家舍；其精神痛苦而被囚于躯体。"囚犯"没有自由，足不出户；但却声名远扬，前来求学者络绎不绝，书信讨教者经常不断。他一生共写下70多部作品，内容涉及宗教、哲学、社会、文化和语言诸方面，被誉为阿拉伯"诗中圣哲"。

早期创作的诗集《燧火》，共6000余行。其中一首悼念挚友、教义学家阿布·哈姆扎的挽诗写得情见于辞，感人至深。在痛悼亡友之际，诗人由衷地发出"世间皆烦恼，何苦恋人生"的悲观主义喟叹。后期创作的哲理诗集《鲁祖米亚特》（《作茧集》），长达22000多行，是麦阿里的代表作。这部诗集充分表现出作者对社会、宗教和人生的深刻思索，和由此产生的疑问与困惑。麦阿里特别推崇理智，反对盲从；他甚至认为"世间本没有什么先知，只有理智常给人以启示。……理智就是你的先知"。在宗教问题上，他承认真主的存在和全能；但又提出对安拉的"真相"一无所知。他抨击教士们的信仰不是出自理性，而是鹦鹉学舌；甚至把全部宗教视为"荒唐迷惘"。麦阿里否定宗教的思想观点，与他作为穆斯林本身是自相矛盾的,他之所以解不开这个"千古之谜",是由历史的局限性造成的。在与宗教密切相关的道德问题上,麦阿里明显受到古波斯摩尼教的影响。他跟摩尼(216—277)一样,认为整个世界被"恶"所笼罩,而人们对"恶"又无法抵御,因为恶就在人自身之内。他赞美灵魂而贬低肉体,称肉体为"污秽的容器"。他相信人生下来就是罪恶,消灭罪恶的方法是禁绝生殖繁衍。他的善恶观强调,"善"不应出自功利目的,而应服从理性的指导,否则就不会成为真正的"善"。在言及社会问题时,麦阿里指出:"每一个生物,都对同类施以暴力,那最残忍的,却莫过于人类!"他大胆地指责统治者。"我亲眼目睹多少个民族,被恣睢暴戾的君主统治;从不把黎民的利益关注,而他本应是百姓的奴仆。"在他看来,权势者全都贪得无厌,因而导致社会腐化,伤风败俗。他对妇女怀有成见,认为女色是万恶之源,她们不守信用,专事享受,编织迷惘之网。他主张妇女戴面纱,不必受教育。麦阿里是个悲观的宿命论者,他相信必然和命运的力量,认为人的生老病死皆由不得自己,"哪一样都不能自由选择"。所以他采取与世无争,独善其身的生活态度。麦阿里反对暴政,反对教派争斗,提倡行善和宽容。他对宗教丧失信心,而把唯一的希望寄托于理性，幻想以理智来拯救社会，这显然并非"一剂良药"。

《宽恕书》是麦阿里揭露讽刺宗教妄说的散文名著，采用书信体的形式，回敬攻击无神论者的挑衅。作者以奇特的构思和神话式的笔法，在该书第一部分写论敌伊本·格利哈游历天园和火狱，发现本该下火狱的文人学士却升入天园，而应该升天园的作家诗人偏偏跌落火狱，由此得出不可轻信宗教"宽恕"说的结论。第二部分详尽回答论敌提出的各种问题，内容涉及历史、宗教、哲学、文学和语言等领域，其中有关神秘主义、泛神论和轮回说的论述比较重要；只是语言艰涩，用词怪僻，显得过分雕饰造作。

3. 伊斯玛仪派诗人纳赛尔·霍斯鲁

宗教诗歌是伊斯兰古典诗歌的重要内容之一，它从开始就带有浓重的政治斗争色彩。早在伊斯兰初创时期，哈萨·本·萨比特（？—674）就以赞颂先知和为保卫伊斯兰教而战的将士的诗篇，赢得穆罕默德的高度称赞。此后，在逊尼派与什叶派的长期斗争中，不断涌现出旨在捍卫教派传统的诗人。随着波斯诗歌的崛起，10世纪末期产生了最早将什叶派信仰和伦理道德内容写入作品的波斯诗人卡萨伊·马尔瓦齐（？—1001），后来又相继出现宣扬什叶派教义和歌颂伊玛目及其后裔功业的伽瓦米·拉齐（12世纪），创作颂扬阿里的宗教史诗《哈瓦朗·纳梅》的伊本·霍萨姆（？—1470），以及专写悼念卡尔巴拉殉难者哀诗的莫赫塔谢姆·卡善尼（？—1588）等。这些波斯什叶派诗人当中成就最高、影响最大者，当推阿布·莫因·纳赛尔·霍斯鲁（1004—1088）。

　　纳赛尔·霍斯鲁生于巴尔赫附近的伽巴迪扬（今阿富汗境内）。自幼受到官宦家庭的良好教育，通晓阿拉伯文，能背诵《古兰经》，熟习希腊哲学和伊斯兰哲学，还擅长绘画。青年时出任伽色尼宫廷机要秘书，兼管皇家园林地产，高官厚禄，踌躇满志。1040年巴尔赫陷入塞尔柱突厥人之手，纳赛尔·霍斯鲁奔赴马鲁，在阿布·索莱曼·恰加里宫中担任要职。1045年，他辞去宫廷职务，外出云游四方，历时7年之久，足迹遍布叙利亚、巴勒斯坦、小亚细亚、苏丹、沙特阿拉伯和埃及等地，其间曾先后去麦加朝觐4次。在埃及，纳赛尔·霍斯鲁思想信仰改变，皈依伊斯玛仪派，成为开罗法蒂玛哈里发穆斯坦绥尔（1035—1094年在位）的座上客。经过数年的修身养性，他荣获"霍贾特"（导师）的徽号，并被委任为呼罗珊伊斯玛仪派的首领。在呼罗珊，纳赛尔·霍斯鲁积极传播伊斯玛仪派教义，千方百计地扩大该教的势力和影响。他在巴尔赫与逊尼派学者展开辩论，因而招致塞尔柱朝廷的憎恶，欲置其于死地。纳赛尔·霍斯鲁逃往马赞德兰，后转赴阿富汗东部的巴达赫尚，在亚马冈城堡隐居下来，埋头写作，宣经布道，使伊斯玛仪派在当地迅速发展起来，其影响一直延续至今。

流传至今的纳赛尔·霍斯鲁《诗集》，共约22000余行，多为"伽西代"颂诗。另有两部旨在宣扬伊斯玛仪派"内学"教义和哲理的"玛斯纳维"叙事诗《光明篇》（1184行）和《幸福篇》（600余行）。由于伊斯玛仪派属于激进的什叶派，视非阿里家族出身的哈里发为篡权者，对推崇逊尼派的塞尔柱朝廷持敌对态度，故遭到当局的镇压和迫害。唯其如此，纳赛尔·霍斯鲁诗歌的显著特点是具有强烈的反叛精神："国王从不为百姓着想，主持公道，恐惧和忧愁常在黎民心头笼罩。"他满腔义愤地指责统治者："何时才不再杀戮人民，侵吞财产？何时才不再狂饮你暴虐的酒盏？"对于专事阿谀奉承、献媚取宠的宫廷诗人，纳赛尔·霍斯鲁嗤之以鼻："你以知识和珍珠般宝贵的语言，歌颂愚昧、昏庸和鲜耻寡廉；你的诗中尽是贪欲和谎言，那谎言直把人们引向对主的背叛。"抒情诗（《呵，呼罗珊!》）前半部分深情地描绘故乡"风景如画"，后半部分写被迫流落他乡的诗人"孤苦凄凉"。形成鲜明的对照，更加突出了他不肯向统治者屈服的决心："呼罗珊，如今是恶人横行之地，正直人绝不同小人共居一堂!"对知识和理智的赞颂，是纳赛尔·霍斯鲁诗歌的另一个主题。在他看来，"心灵像一棵树，理智是树上的果实，语言是树的枝叶，而肉身不过是粗糙无用的树皮"。"理智如一盏明灯，失去明灯，整个世界会陷入一片黑暗之中"。"没有理智，纵然自由仍受束缚；若有理智，虽被束缚也会感到自由"。在题名为《书》的短诗中，诗人采用拟人化的手法，将书比作知心朋友，倾述衷肠，写得生动活泼，趣味盎然。

纳赛尔·霍斯鲁有不少散文著述传世，被誉为语言晓畅，说理透彻的佳作。《游记》是他浪迹天涯7年间的见闻录，对所经历的国家和城市的历史和风土人情，有生动具体的描述。写于1061年的《旅行者的食粮》，共分27讲，详细阐明了伊斯玛仪派的基本信条和理论基础，论述了造物主的存在，世界的形成，人类的本性，圣徒的业绩，对罪恶的惩罚和来世观念等。《宗教轨仪》是以伊斯玛仪派的观点来阐述伊斯兰教法典的条文和默祷的要义。正如作者本人所说:"读这部书,知道宗教轨仪,行动就有了准则。"《至理名言录》是作者秉承巴达赫尚君主的旨意,对伊斯玛仪派著名诗人阿布·海萨姆(10世纪末11世纪初)的一首"玛斯纳维"体诗(176行)所作的详细阐释,它言简意赅地解答了该教派的不少疑难问题。此外,还有《问答篇》和《理智之园》等,均被看作伊斯玛仪派的重要经典。

4. 欧玛尔·哈亚姆和他的《鲁拜集》

阿布法特赫·欧玛尔·哈亚姆(旧译莪默·伽亚谟,1048—1122),波斯哲理诗泰斗。生于呼罗珊名城内沙浦尔。早年曾游历巴尔赫、赫拉特、布哈拉、马鲁、伊斯法罕和巴格达等地,并去麦加朝觐。他与塞尔柱王朝的马立克·沙赫苏丹(1072—1092年在位)及著名宰相尼扎姆·穆尔克(1017—1092)有过交往,曾为桑伽尔苏丹(1118—1157年在位)治过病,与当时的"伊斯兰教权威"安萨里讨论过宗教和哲学问题。受苏丹之命主持修建了天文台和修订历法。用阿拉伯文写过代数学论文，并有波斯文散文著作《新春篇》传世。他在天文、数学、医学、哲学和宗教神学诸方面，均有较深的造诣。

哈亚姆生前不大写诗，只在与亲朋好友相聚，席间对酌之际，兴之所至，吟咏成篇。起初这些诗仅在少数知己中间传诵，被有心的朋友记录下来。诗人去世后，这些零散的诗才被汇集成册。1461年在设拉子首次出版了哈亚姆的《鲁拜集》，但其中不少诗篇并非出自作者本人之手。19世纪中叶，英国诗人菲茨杰拉德（1809—1883）将哈亚姆的《鲁拜集》译成英文，引起世界文坛的关注；嗣后，哈亚姆研究风靡各国。截至到1925年，菲茨杰拉德的译本已再版139次。据不完全统计，《鲁拜集》现有32种英译本，16种法译本，12种德译本，11种乌尔都文译本，8种阿拉伯文译本，5种意大利文译本，4种俄文译本，4种土耳其译本，2种丹麦文译本，2种瑞典文译本，1种希伯来文译本，1种亚美尼亚文译本和10余种汉文译本；欧美等国出版和发表的有关哈亚姆及其诗歌研究的论著，不下2500种，成为世人关注的热门学问。

哈亚姆在《新春篇》中写道："我们目睹许多学者相继辞世，现在学者已经屈指可数了。他们不但人

三、发展时期

数很少,而且苦难深重。正是这为数有限的几个人,在艰难困苦的环境中,为科学的进步和发展而奋斗乃至献身。另外大多数学者却弄虚作假,摆脱不了欺诈和造作的习气,他们利用学得的知识去追逐庸俗和卑鄙的目的。如果有人探求真理,播扬正义,鄙弃庸俗利益和虚伪的骗局,就立即招来嘲笑和非议。"这段话清楚地说明了诗人所处的时代背景。面对塞尔柱王朝统治者对什叶派采取的高压政策,哈亚姆以无所畏惧的叛逆精神,冲破世俗观念和宗教神学的樊篱,勇敢地吟唱饱含人生哲理、矛头指向传统宗教神学的诗篇,确属难能可贵。唯其如此,他的"鲁拜"诗才不胫而走,传遍千家万户,远播世界各地。

探索宇宙奥秘和人生的价值,是哈亚姆诗歌的重要内容之一。作为科学家和哲学家的诗人,对传统神学的说教不肯盲从,经过独立思考,提出他有关真主创世的质疑:"我们来去匆匆的宇宙,上不见渊源,下不见尽头。从来无人看得透个中真谛,我们自何方来,向何方走?""这亘古之谜你我皆茫然不懂,谜样的天书谁人都解读不通。如今,你我在帷幕内说长道短;幕落时,全都消失得无影无踪。"哈亚姆继承和发扬了伊本·西那(980—1037)的哲学思想,认为世界是由物质组成的,各种自然现象无不是物质的运动；日月星辰的循环往复是不以人的意志为转移的客观规律，它不受任何力量的主宰和制约。茫茫宇宙，变化万千，神秘莫测；而人的认识能力有限，怎能解得开这"亘古之谜"？相对于广阔的宇宙，个人显得渺小而可怜，"如一滴水汇入大海，一粒沙子滚落大地"。哈亚姆不相信"灵魂不灭"之说，认为人死了，其灵魂也随之消亡："你已经离去，便不会再来"，"凋谢的郁金香不会重开"。哈亚姆认为，人的生死不过是物质形式的转化。在诗人的想象中，盛酒的陶罐仿佛就是如花似玉的美女的化身，它同样具有嘴、唇、脖颈、手臂和肚腹。"看这雇工的陶罐之上，不是有君王的眼睛和大臣的心？那醉汉手中的酒壶上，不是有酒客的脸和美女的唇？""多情的人呵，快取出酒壶杯盏，走向青草坪，去到小河边。人世沧桑把几多窈窕淑女，千百次变为酒壶，千百次化为酒盏"。从以上诗句，不难看出诗人持有"物质不灭"的唯物观点。

针对伊斯兰教的"来世"之说，哈亚姆提出要珍惜"现时"，"及时行乐"："人说是天堂有美女仙泉，奶酒蜜糖，如河似川。斟满这杯酒，高高地举起，人世比幻境胜过千般。"之所以要"及时行乐"，据说是因为人生短促，转瞬即逝，更何况现实生活中

三、发展时期

又充满痛苦和不幸:"上苍降到尘世的全是忧愁,让一个人出生,把另一个撵走。尚未问世者若知道我们的苦楚,定然不会再来世上忍受痴苦"。哈亚姆说过:"世上的愁是毒,解药便是酒。"诗人心目中的"美酒"、"佳丽",是他美好理想和真挚感情的寄托:"人道是天国之中有神仙,琼浆玉液芳香而甘甜。我倾心美酒、佳丽何罪之有?到头来天国里不也是如此这般!"哈亚姆借酒浇愁,以求得内心的一时宽慰,缓解生活中的苦痛。正因为"事事都不遂心","厄运与日俱增",所以他才"热恋杯中酒、倾心丝竹声"。哈亚姆的诗歌具有强烈的反宗教色彩,有时锋芒所向直指虚伪奸诈的宗教首领:"尽管我们烂醉如泥,那也比你清醒!你喝的是人血,我们只饮红酒,凭良心说,谁更残忍,谁更无情?""一群人在探讨宗教真谛,另一群人在思索人生哲理;待来日会听到一声呼喊:愚昧的人呵,这两者皆非真理!"早在1248年,《哲人传》作者卡法蒂就指出,哈亚姆的诗歌"对伊斯兰法规说来,不啻是伤人的毒蛇和引人误入歧途的链条。"由此我们不难理解,哈亚姆及其诗作长期被埋没的原因。

哈亚姆的"鲁拜"诗,虽然每首只有4行,形式短小,但内涵深邃,富于哲理,耐人寻味。诗人的语言朴实无华，自然流畅，读来朗朗上口，颇具民歌风味。哈亚姆的诗歌想象奇特，譬喻新颖，在双关语、象声词和迭韵等艺术技巧的运用上也有独到功夫。伊朗现代著名作家萨迪克·赫达亚特认为哈亚姆的"鲁拜"诗"堪称波斯诗歌的最高典范"，值得人们学习和效仿。

5. 塞尔柱王朝时期宫廷诗人

以"伽西代"颂诗为主要表现形式的宫廷诗，对早期伊斯兰古典诗歌的发展曾起到很大的促进作用。如前所述，萨曼王朝和伽色尼王朝的宫廷诗繁荣昌盛，达到登峰造极的地步。比较而言，塞尔柱王朝时期的宫廷诗就显得逊色多了。往日洋溢着爱国主义和英雄主义精神的诗作已不复存在，宫廷诗人讴歌帝王英雄千秋功业的热情几乎丧失殆尽，有的尽是应制唱和、附庸风雅的颂歌。从艺术表现形式来看，颂诗达到了成熟阶段，韵律严整，讲究修辞，格调典雅，更多地使用阿拉伯词语和科学词汇。当然，在向塞尔柱朝廷伏首称臣的地方小国中，也不乏功夫独到、颇具特色的宫廷诗人。

三、发展时期

玛斯乌德·萨德（1048—1121）原籍哈马丹，生于拉合尔（今巴基斯坦境内）。出身仕宦之家，父亲为税务官。他在青年时代就在伽色尼嗣王朝廷供职。易卜拉欣国王（1058—1096年在位）派皇太子萨伊夫·道莱赴印度执政时，玛斯乌德·萨德奉命随同前往。事过不久，皇太子被诬告图谋不轨，遭软禁；玛斯乌德·萨德受到株连，被关进苏和戴哈克监狱长达7年，后转押纳伊大牢，又被囚禁3年。漫长的铁窗生涯，使萨德饱尝皮肉之苦，身心受到严重摧残；但他不肯屈服于朝中奸臣的迫害，表现出宁为玉碎，不为瓦全的高风亮节："我似青松，傲立于青草园地，小人面前从不低下高贵的头。任何人的恩惠我都不乞求，只愿做仁慈真主的奴仆。"萨伊夫·道莱（1096—1115年在位）当政时，沿袭先王做法，派遣王子阿达德·道莱赴印度掌权，萨德应聘出任拉合尔地区政务官。不幸的是，他再次成为朝廷达官显贵争权夺利的牺牲品，被无辜地关押了8年，直至1106年经首相出面说项，才重新获得自由。晚年，饱经磨难的萨德断绝了从政的念头，专心致力于皇家图书馆工作。萨德的诗歌创作别具一格，尤其是在狱中写成的囚诗，感情真挚，深沉有力，悲壮豪放，正气凛然，被视为波斯文学的珍品。

乌哈德丁·穆罕默德·安瓦里（？—1187），生于呼罗珊东部的巴德内村。年轻时到图斯求学，广泛涉猎文学、哲学、伦理学、数学和天文学，积累了广博的知识。他对伊本·西那（980—1037）尤为崇拜，曾写诗赞扬。1147年安瓦里入塞尔柱王朝桑伽尔国王（1118—1157年在位）宫廷，成为颇受赏识的御用诗人。他曾随国王征讨花剌子模，后被伽兹人（容厥部落）击败。在政局动荡的年月，安瓦里四处漂泊，到过许多呼罗珊城镇。他曾预言1186年某日将有飓风袭击马鲁地区，但未应验，成为世人笑柄。从此他深居简出，与外界断绝来往，在巴尔赫寿终。安瓦里的诗作不下26000行，以"伽西代"颂诗艺术水平最高，但思想价值不大，多为歌功颂德、应酬唱和之作。他的"伽特埃"短诗内容充实，语言流畅。尤其是对话体短诗写得生动自然，语意隽永，耐人寻味。在这方面为伊斯兰古典诗歌的发展，作出了重要贡献。如题名《乞丐》的短诗，一针见血地指出："无论收税还是受贿，其实都是讨乞，巧立名目也不能把事实改变毫厘。"在题为《智者》的诗中，他劝导人们要"乐善好施"，以求"美名传世"；认为"挚友如镜"，"不可伤害朋友的心"；做人要"自我克制"，避免发火"恶语伤人"；对不慎触犯自己利益的人,要"宽宏大量",不必"耿耿于怀"等。作为寄人篱下的宫廷诗人,能唱出"乐善好施乃值得赞扬的佳言懿行,但不取施舍者更应该受到尊敬"的诗句,说明安瓦里并非趋炎附势、献媚取宠之辈。

阿弗扎尔丁·巴迪尔·哈冈尼(1126—1198),生于阿塞拜疆的席尔万。其父是木匠,母亲是皈依伊斯兰教的罗马女奴。他幼年丧父,家境贫寒,由叔父资助上学。青年时代的哈冈尼师从名医兼哲学家欧玛尔·奥斯曼父子,刻苦钻研文学和哲学;后拜诗人阿布·阿拉·甘杰维为师,并与老师的女儿结为夫妻。经老师举荐,他成为席尔万可汗玛曼切赫尔·本·法里东及其嗣王阿布·莫扎法尔·阿赫斯坦的宫廷诗人,从而获得"哈冈尼"(意为"可汗臣子")的称号。后来,席尔万朝廷的腐败政治和奢侈生活,使哈冈尼感到厌倦和憎恶。他向可汗提出去伊拉克旅游的请求,未获恩准,心情越发忧郁沉闷。1157年,哈冈尼首次赴麦加朝圣,归途中路过伊斯法罕,写诗颂扬这座历史名城。回到家乡,他创作了著名的"玛斯纳维"叙事诗《伊拉克人的礼物》(约6000行),描述诗人朝觐路上的所见所闻和各地的风土人情,歌颂了途中拜访的文人学士和社会贤达。席尔万可汗听信奸臣谗言,下令将哈冈尼囚于狱中。1173

年,诗人再次赴麦加朝觐,途经泰西封时,目睹波斯帝国古都遗址,触景生情,感慨万千,挥笔写就名篇《马达因殿堂》,借古讽今,表达他对当时社会的不满:"让我们时时以热泪凭吊过去的宫殿,心灵深处或许听到殿堂的肺腑之言。……是的,这不足为怪,在人生草坪,夜莺的啼啭之后便是鸱鸺的哀鸣。这里本是正义的殿堂,尚且遭此摧残,人们又会怎样对待那暴虐的宫殿?"1175年,诗人的爱子夭折,叔父和妻子相继去世,他悲痛万分,写出感人肺腑的悼诗,以寄托自己的哀思。包括"伽西代"颂诗、"伽扎尔"抒情诗、"玛斯纳维"叙事诗、"塔朗内"民歌体诗和"伽特埃"短诗等多种体裁的《哈冈尼诗集》,总共约34000行。他的诗作内容丰富,语言精美,构思奇巧,譬喻新颖,堪称上乘佳品;有时因阿拉伯语汇和科学术语入诗,而显得艰涩深奥,令人费解。

6. 内扎米和他的《五卷诗》

长篇故事诗(主要是爱情故事诗)创作,构成发展时期伊斯兰文学的重要内容,其代表诗人是法赫

三、发展时期

尔丁·古尔冈尼（？—1073）和内扎米·甘杰维（1141—1209）。古尔冈尼是塞尔柱王朝创始人突格里勒（1045—1063年在位）的宫廷诗人，他的《维斯与拉明》共105章，17810行，是从帕莱威文译为波斯文的爱情故事诗，作者增添了部分内容，并进行了艺术加工。《维斯与拉明》描述前伊斯兰时期伊朗王室贵胄的爱情婚姻纠葛，对了解和研究古波斯民俗风情具有参考价值，但其文学成就和影响远不如内扎米的《五卷诗》。

内扎米生于阿塞拜疆的甘杰（今阿塞拜疆的基洛瓦巴德），自幼受到良好的教育。他学识渊博，熟谙伊斯兰教神学、哲学、自然科学、医学和天文学，精通阿拉伯诗歌和文学。因受苏非神秘主义教义影响，内扎米重视自我修炼，平时深居简出，勤作功课，虔诚敬主，很少与外界来往。他的才学和为人道德赢得阿塞拜疆阿陀贝克朝廷（1136—1225），以及席尔万和马拉盖等地方君主的赏识和器重。他的《五卷诗》就是以上述地方君王的名义写成的，但他始终未做过宫廷诗人。

用"玛斯纳维"体创作的《五卷诗》，约56000行，共分五卷，陆续发表后结集为一部著作，包括《秘密宝库》（1175）、《霍斯鲁与希琳》（1180）、

《蕾莉与马杰农》（1189）、《七美人》（1197）和《亚历山大传》（1200）。《秘密宝库》是仿先辈苏非诗人萨纳伊（1080—1140）的《真理之园》写成的，全书分20章，4520行，为宗教劝谕性的故事诗，意在阐发苏非神秘主义哲理和道德规范。《亚历山大传》分上下两篇，《荣誉篇》着重写希腊—马其顿王亚历山大东征西讨，戎马一生立下的丰功伟绩；《福音书》主要写作为先知的亚历山大的传说，他宣扬的人生哲理和对未来所作的预言，其中含有作者对理想社会的追求和向往，也不乏劝善惩恶的伦理说教。其余三卷均为爱情故事诗。

　　《七美人》又称《七宝殿》或《巴赫拉姆传》，共10272行，根据萨珊王朝（226—651）时期流行的民间故事写成。诗人先简略地描述主人公巴赫拉姆·古尔（420—438年在位）登基前的生平业绩，接着详细地描绘这位国君下令为7个国家的7位公主修建7座颜色不同、风格迥异的宫殿，并让她们每天晚上轮流为他讲述生动有趣的故事。透过这些光怪陆离的小故事，不难看出当时的社会习俗和宫廷生活。诗人自认为这是他最为得意的作品，其实，在思想和艺术上具有创新意义，并给诗人带来世界声誉的，却是另外两部诗作。《霍斯鲁与希琳》

三、发展时期

共13000行,讲述萨珊国王霍斯鲁·帕尔维兹(590—627年在位)与亚美尼亚公主希琳的爱情故事。菲尔杜西的史诗《王书》曾提到这则民间传说,但内容过于简略,内扎米作了增补润色,突出女主人公希琳的地位,成功地塑造了一个情爱甚笃、坚贞不渝的贵族妇女形象。

《蕾莉与马杰农》是内扎米的代表作,共9400行,写一对阿拉伯青年男女为追求幸福和纯洁的爱情而献身的故事,根据古代阿拉伯民间传说改编而成。诗人以火热的情怀,高超的艺术手法,深刻地揭示出传统的宗法观念和伦理道德扼杀美好的爱情理想的悲剧。为了渲染气氛和烘托感情,诗人经常运用排比句型和比喻夸张相结合的表现手法:"若不是胸中燃烧着爱你的情火,为你而流的泪水早已把我淹没;若不是眼中饱含为你而流的泪,忧伤之火熊熊早把我焚烧成灰。看那光照寰宇的太阳放射烈焰,正是我的焦虑和叹息将它点燃。"马杰农思念蕾莉的痛苦心境,刻画得真切而生动。又如第49章"秋天到来与蕾莉之死",写女主人公弥留之际,仍念念不忘她的心上人:"此时我万念俱灰,行将魂断身亡,弥留之际呵,心上人竟不在身旁。粉黛化妆,为的是他仆仆风尘;着青戴素,为的是他一颗痴心。滴洒香水,要用他的两行热泪；香料熏身，要用他的满腹悲辛。愿遗体旁的鲜花，有他憔悴的颜面；防腐的灵药，渗透着他的唉声悲叹。"恨只恨，生前不能常聚首，愿只愿，死后乐得长相伴。这段描写情见于辞，回肠荡气，感人至深。流落荒野的马杰农得悉噩耗，痛不欲生，匆匆赶去奔丧，哭死在情人墓旁，最后为他送丧的只剩下一群昔日相随的野兽。这无疑给人以世间冷若冰霜，甚至不如禽兽境遇的暗示。

内扎米的诗歌典雅凝练，委婉细腻，内涵丰富，思想深邃，不愧为爱情故事诗的巨擘。在伊朗文学史上，以内扎米和哈冈尼为代表的新的诗风，与早期"呼罗珊体"诗歌迥然不同，被称作"伊拉克体"。这种诗体直至14世纪伊斯兰文学的鼎盛时期，始终占据着诗界的统治地位。在仿效内扎米的后世诗人中，成就显著的有印度波斯语诗人阿密尔·霍斯鲁（1253—1325）、波斯诗人哈珠·克尔曼尼（1290—1352）和贾米（1414—1492），以及突厥语诗人阿里·希尔·纳瓦依（1414—1501）等。

三、发展时期

7. 散文创作的繁荣昌盛

发展时期的伊斯兰文学,不但诗歌取得令人瞩目的成就,而且散文创作局面繁荣,著述甚丰。无论波斯语,还是阿拉伯语和突厥语,均有佳作传世。

(1) 阿拉伯语散文著述

其中包括阿拉伯作家和用阿拉伯语进行创作的波斯籍作家的两类作品,以及阿拉伯民间传说故事。

① "玛卡梅"。10世纪末11世纪初出现一种新的文学体裁,类似我国的骈文,讲究修辞,注重声韵和谐和辞藻华丽,用这种文体写成的故事片断被称作"玛卡梅"。早期代表作家巴迪·扎曼·哈马达尼(969—1007),共创作51篇"玛卡梅"韵文故事,其中有两个主要人物,讲述者伊萨·本·希萨姆和主人公阿布·法特哈·伊斯坎德里。主人公的形象变幻不定,时而是擅长诗文的学者,时而是口若悬河的演说家,时而是诙谐狡诈的魔术师,时而是清真寺的伊玛目,时而又是抗击罗马入侵的圣战者,但在多数情况下,则以乞讨为生的流浪汉身份出现。他足迹遍布中亚和阿拉伯各地,为求生存不得不随时变换身份,

以适应各种生活环境:"像黑夜白昼不停地循环,处世之道全在随机应变。"透过主人公的不同生活侧面,不难看出"这是一个凶险的时代,像你所见的那样残暴。智慧受到诅咒和非难,愚昧反倒变成了时髦"。继巴迪·扎曼·哈马达尼之后,较有名气的"玛卡梅"作者是伊本·阿里·哈里里(1054—1122),他创作了50篇"玛卡梅"韵文故事。在人物设计、情节安排和总体风格上,哈里里的"玛卡梅"与哈马达尼的大同小异,只是增加了宗教宣传和道德训谕的内容。因为哈里里是位语言学家,所以他的作品更加重视修辞谐韵,词句更加优美华丽,因而有时显得深奥艰涩,令人费解。

②文学批评著作。阿拉伯的文学批评兴于阿巴斯王朝中期(847—945),后期(945—1258)获得进一步的发展。代表作家和作品有波斯籍人伊本·古太白(828—889)的《故事之源》和《诗歌和诗人》、阿布·法尔吉·伊斯法罕尼(897—967)的《诗歌集成》,波斯籍人萨阿莱比·内沙浦里(?—1037)的《稀世珍宝》和德亚乌丁·本·艾西尔(1163—1239)的《作家诗人文学通例》等。后者包括前言和两篇论文,从修辞学的角度,论述和阐明语言修辞和写作技巧,是一部颇有价值的文学理论专著。

③书信体散文。继阿布杜·哈密德(？—750)之后,阿拉伯书信体散文的代表作家有布维希王朝(945—1055)宫廷大臣、波斯籍人伊本·阿密德(？—970)和埃及阿尤布王朝(1171—1250)宫廷大臣卡迪·法笛勒(1134—1199)。伊本·阿密德素有"贾希兹第二"之称,他的文笔典雅,擅用对偶句式,讲究音乐美,开阿拉伯韵文写作之先河。卡迪·法笛勒的文章注重修辞,多用譬喻和拟人化手法,雕文饰句,力求华美艳丽,因而有时显得矫揉造作。他们的散文风格对后世产生很大影响,这在后来的伊斯兰文学风格嬗变时期(16—18世纪)表现得尤为突出。

④《安塔拉传奇》。有关蒙昧时代骑士兼诗人安塔拉(525—615)的民间传说故事,9世纪出现整理的本子,12世纪初步定型,后经增补,流传至今长达32卷,内含诗歌上千余行。主人公安塔拉为埃塞俄比亚女奴之子,不为父亲承认;热恋堂妹阿卜莱,又遭叔父拒绝。但他智勇双全,不仅诗才非凡,且骁勇善战,经过艰苦奋斗,终于赢得阿卜莱的爱情。这部史诗般的英雄传奇生动而真实地描绘出古代阿拉伯人的社会风貌、部族战争和爱情生活,歌颂了英勇无畏、仗义行侠,忠于爱情和坚贞不屈的优良品德,因

而深受广大民众的喜爱,世代口耳相传,历久而不衰。

(2) 波斯语散文著述

随着波斯文学的崛起,在诗歌迅猛发展势头的带动下,散文创作也日趋繁荣,到塞尔柱王朝时期取得长足的进步,涌现出一批优秀的民间创作和质量上乘的文人佳作。波斯语散文继承和发扬了帕莱威语文学传统,同时受到阿拉伯和印度文学的影响,从而使其在思想内容和艺术形式的结合上,显得更加完美和丰富多彩,为世人所称道。

①民间传说和寓言故事。10世纪根据民间传说编写的散文体《王书》共有3部,均已失传,其作者分别为阿布·莫瓦耶德、阿布·阿里·巴尔赫和阿布·曼苏尔·莫阿马里。后者遵照萨曼王朝(874—999)呼罗珊总督阿布·曼苏尔·阿布杜拉扎格的指令,邀集社会贤达和文人祭司,共同完成了《王书》的写作(957)。该书是菲尔杜西创作史诗《王书》的主要依据。现存阿布·曼苏尔《王书》的序言,被认为是中古波斯散文最早的范例。此外,还有关于传奇英雄鲁斯塔姆世家的故事书,如《鲁斯塔姆传》、《萨姆传》、《纳里曼传》和《伽尔沙斯布传》等,在民间广为流传。12世纪成书的《达拉布传》,

三、发展时期

作者为阿布·塔赫尔·塔尔图西,描写传说中的伊朗凯扬王朝国君达拉布二世与同父异母兄弟、罗马皇帝亚历山大之间的战争。这则故事,菲尔杜西的《王书》也有记述。在民间传说基础上,由法拉玛尔兹于1189年写成的《游侠萨玛克》,共4卷,长达200万字以上。该书采用大众日常用语,描述了尚武轻财,扶弱济贫,为民除害的"绿林好汉",展示了蒙古人入侵之前伊朗社会生活的各个层面,从深宫王府到市井街巷,广泛地反映了各阶层民众的生活风貌。作者重写事而不重写人,写人又不重写心理,所以虽然情节曲折,但人物刻画并不成功。由帕莱威文译成阿拉伯文,再转译为波斯文的《巴赫蒂亚尔传奇》和《辛巴德故事集》,采用大故事套小故事的框架结构,前后照应,层次分明,明显带有印度文学影响的痕迹。源自印度梵文的寓言故事集《卡里莱与迪木乃》,由伽色尼嗣王巴赫拉姆·沙赫(1118—1152年在位)的御用文人阿布·玛阿利·纳斯罗拉译成波斯文。译者用词准确生动,优美典雅,被视为中古波斯散文的范本。10世纪末由塔巴尔斯坦国王马尔兹邦·鲁斯塔姆·席尔温用古塔巴尔斯坦文编写的寓言故事集《马尔兹邦书》,内含大量富于教益的鸟兽故事,12、13世纪先后两次被译成波斯文,在民间流

79

传甚广。

②伦理道德著作。这类作品通过讲述短小精悍的故事,宣扬修身治国的道理,以达警世谕人之目的。文中多嵌以诗歌,起到画龙点睛、提纲挈领的作用。如昂苏尔·玛阿里(1021—1101)的《卡布斯教诲录》(1082),共44章,内容包罗万象,举凡治国整军、宫廷礼仪、读书习武、弈棋狩猎、买卖交易、天文医道、孝亲交友,乃至生活起居、家庭琐事等,均有所涉及,堪称是中古波斯文化的小型百科全书。其中许多教诲,如"不要强不知以为知","要为人正直,办事公道","要感念父母养育之恩","不能说谎骗人","待人要热情而有礼貌"等,至今仍不失其积极意义。塞尔柱王朝初期的著名宰相内扎姆·莫尔克(1017—1092)撰写的《治民要术》(又译《王者之道》,1091),共50章,援引先知圣徒和历史上明君贤臣的嘉言懿行,阐述修身治国平天下的道理,劝谕朝中文武百官好自为之,克己奉公,以身作则,体恤民情,广施仁政。书中还讲述许多民间轶事趣闻,意在针砭时弊,鞭挞社会各种不良现象。作者身居要职,具有多年从政的经验,因而所言中肯,令人折服。这部政治性很强的著作,内含大量生动有趣的故事,加之文笔晓畅,通俗易懂,故得以广泛流传。

穆罕默德·奥菲·布哈里（？—1238）编写的《故事大全》（又译《轶闻集锦》，1233），共100章，收历史传说2100余则。全书分为四大部分，每部分25章，既有先知和帝王传说，又有世间奇闻轶事，大多是劝善惩恶的道德训诫故事，内容生动有趣，情节曲折有致，至今读来仍富有教益。

③人物传记。这方面的代表作有两部，一是内扎米·阿鲁齐（？—1165）的《四论》（又名《英才荟萃》，1156），二是穆罕默德·奥菲·布哈里的《诗苑精英》（1220）。《四论》除论述自然和哲理的前言外，分为4章，即文书翰墨、诗学与诗人、天文星相、医学与医术，前3章各10个故事，第4章12个故事，总共42个故事，每个故事记述一位名人。作者认为上述四门学科与改善朝政关系密切，四个方面的英才对历代君王影响极大，必须予以高度重视。书中讲述了众多历史名人的趣闻轶事，如有关诗人鲁达基、菲尔杜西、法罗希、欧玛尔·哈亚姆以及医学和哲学家伊本·西那（980—1037）、天文学家比鲁尼（973—1050）等的传闻，虽不能肯定确有其事，但却不无参考价值。《诗苑精英》分上、下两卷，上卷记述擅长诗歌的帝王将相和文人学者，下卷为169位波斯诗人的传记。此书堪称最早的诗人传记作品。

其中提到的一些波斯诗人,他们的著作因蒙古人入侵或其他原因已失传,因而就越发显得弥足珍贵了。

④文学研究著作。这方面当首推拉希德丁·瓦特沃特(?—1177)的《神秘之园》,成书于花剌子模国王伊尔·阿尔斯兰(1156—1174年在位)统治期间。这部有关诗学、音韵学和修辞学的专著,是流传至今最古老的波斯文文艺理论著述。穆尔太齐赖派经注家扎马赫沙里·花剌子米(1074—1144)撰写了《文学入门》、阿拉伯词汇学专著《雄辩的基础》和语法学专著《详解》(1120)等。此外,梅达尼·内沙浦里(?—1124)广泛收集阿拉伯民间流传的谚语和格言,汇编成《谚语集》,并编纂了《阿拉伯—波斯词典》,为促进两个主要穆斯林民族的文化交流作出了贡献。

四、苏非文学的勃兴
（12世纪—13世纪中叶）

1. 概述

苏非文学的勃兴是伊斯兰文学发展史上的里程碑。

所谓苏非文学，是以宣扬苏非教义及其神秘主义哲理为主旨的文学。作为伊斯兰教的神秘主义派别，苏非派专注于精神修炼，以求达到"人主合一"的境界。约产生于7、8世纪之交的苏非思想，起初是以《古兰经》为依据，主张苦行和禁欲，倡导克己守贫、顺从虔信和自律行善等，显然是对倭马亚王朝

（661—750）统治者热衷犬马声色，忽视宗教功课表示不满的消极反抗。9、10世纪苏非思想获得进一步发展，相继出现了以女圣徒拉比亚·阿达维亚（717—801）为创始人的"神爱论"，以埃及人祖努（？—860）为奠基者的"神智论"和以波斯人巴亚齐德·比斯塔米（？—875）和哈拉智（857—922）为代表的"泛神论"，从而为苏非神秘主义奠定了基础。在苏非派的发展过程中，不断受到来自正统信仰的压力，甚至遭到官方的残酷迫害，因而出现比较温和的苏非主义者，力图从理论上阐明苏非派的正统性，以便与官方信仰相协调。塞尔柱王朝（1037—1194）时期的官方信仰，是建立在艾什尔里（873—935）学说基础上的。其理性思辨的论证方法，难以为普通信众所理解和接受。于是，被奉为"伊斯兰教权威"的安萨里（1058—1111）决定实行改革，将苏非神秘主义纳入正统信仰，使两者结合，相得益彰，既可克服官方信仰理论脱离信众的教条主义，同时又排斥了苏非派"泛神论"及对圣徒、圣墓崇拜等弊端，从而为伊斯兰教注入新的活力，使之得以重建。作为正统信仰组成部分的苏非神秘主义，经过苏哈拉瓦迪（1153—1191）的"照明哲学"和伊本·阿拉比（1165—1240）的"存在单一论"的补充，

四、苏非文学的勃兴

进一步系统化和理论化,12世纪至18世纪成为伊斯兰世界精神生活的统治思想,这必然对包括文学在内的整个上层建筑领域产生深远的影响。

随着苏非思想的发展演变,富于神秘主义色彩的苏非文学应运而生,到塞尔柱王朝后期呈勃兴态势,逐渐形成伊斯兰文学的主流,开始步入一个崭新的发展阶段。以苦行和禁欲为表征的苏非派认为,信徒和安拉不是主奴关系,对真主不应敬而远之;两者是爱和被爱的关系,信徒应思念、亲近和热爱安拉,力求与主合一("神爱论")。虔诚教徒能够接受安拉赐予的"神智",因为这种关于真主的知识是先天具有的,只要专注于精神修炼,净化心灵,获得神光照明,即可使"神智"再现,此时修行者呈"出神"状态,即"人主合一"("神智论")。在"人主合一"时,修行者将融于安拉,自我消失,达到"寂灭",或者说与安拉"永存";哈拉智甚至喊出"我即我所爱,所爱就是我",把自己与安拉等同起来("泛神论")。后来的照明学派在神秘主义理论的基础上,使苏非思想更加丰富和完善。旨在阐发和宣扬苏非思想的苏非文学具有以下主要特征:(1)富于神秘主义哲理,寓意深邃,发人深省;(2)感情沛然,真挚而亲切,具有强烈的感染力;(3)语言优美而朴实，多用民间谚语和格言，颇有韵味；（4）运用象征和隐喻等艺术手法，含蓄蕴藉，富有想象力；（5）广泛采用神话传说、民间故事和圣徒奇闻，内容形象生动，趣味盎然。苏非文学的勃兴，改变了伊斯兰文学的发展方向，使其在宗教与文学的结合上闯出一条新路，并以独具特色的诗歌和散文佳作，丰富了世界古典文学的宝库。

2. 早期神秘主义诗人

苏非思想的重要来源之一，是古波斯摩尼教颇具影响的"明暗二元论"。神秘主义之所以在波斯和中亚传播极广，信众极多，恐怕与此不无关系。早期神秘主义代表诗人几乎全是波斯人，这恰好说明苏非诗歌兴起的中心在伊朗。巴巴塔赫尔·欧里扬（？—1019）原籍哈马丹，卒于霍拉姆阿巴德。因长期隐居修行，或外出云游，故其生平业绩不传。他的《杜·贝蒂诗集》，用洛里方言写成，表述了对现存世界统一性的认识，以及个人的卑微和孤独，精神上的困惑和追求等内心情感。诗中满腔热情地倾诉自己对安拉的思念："举目四野，你出现在我面前；凝视

四、苏非文学的勃兴

大海,你出现在我面前;放眼远眺,无论高山还是平原,你端庄的身影总浮现在我面前。"专注于精神修炼的巴巴塔赫尔,心中洋溢着对安拉纯真的爱:"不见你,花坛仿佛是一堆垃圾;见到你,垃圾也似花坛般艳丽。你对我,宛如鲜花、花丛和花坛;有你在,死者身上也显出生机。"巴巴塔赫尔的"杜·贝蒂"诗,形式短小,语意隽永,感情炽烈,音调铿锵,富于地方民歌风味,深受普通信众的欢迎。

阿布·赛义德·阿比哈伊尔(967—1048)生于呼罗珊东部的梅赫内,是苏非派著名学者和圣训学家。塞尔柱王朝首相内扎姆·莫尔克(1017—1092)曾说:"我所懂得的一切都是从阿布·赛义德长老那里学到的。"一次,阿比哈伊尔在回答信徒关于修身养性之道的提问时,只讲了三句话:"头脑里装的,要抛弃;手头上有的,要施舍;力所能及的,要竭力做。"意在告诫修行者必须清心寡欲,不图名利,行善济人,克己拜功。据说,他曾与伊本·西那(980—1037)一连数日讨论人生哲学,两人都对对方的学识深表钦佩。作为苏非派的导师,阿布·赛义德喜欢在讲经布道时吟咏波斯民歌,借以阐明神秘主义哲理。比如这首民歌"见不到你,我心情怎能平静?无法述说你的抚爱和恩情。纵令我每根毛发都变成口舌，也难表我千分之一的感激之情。"经阿比哈伊尔信手拈来诵读，便成了苏非教徒一心向主，倾吐衷肠的宗教情诗。阿布·赛义德尤为擅长"鲁拜"和"伽特埃"体短诗，在他看来，若没有诗歌助兴，便不足以表达自己对安拉的一往情深，也不能打动信众的心。他的诗歌语言凝练，感情丰富，譬喻生动，韵味十足："心中无你，就只剩下满腹忧愁；眼不见你，热泪便似阿姆河洪流。若不是为了与你结为一体，生命早该千百次地濒临尽头。"在伊朗假诗歌以宣扬苏非教义，阿布·赛义德为始作俑者，步其后尘的便是另一位苏非长老阿布杜拉·安沙里。

阿布杜拉·安沙里（1006—1088）生于赫拉特（今阿富汗境内），自幼天资聪颖，青年时代学业有成，在圣训学、经注学、教法学、教义学、哲学和文学等方面造诣很高，能用阿拉伯文写诗著文，师从苏非长老阿布·哈桑·哈拉加尼（？—1034），并得到阿布·赛义德·阿比哈伊尔的指点，成长为闻名遐迩的苏非导师。他著作甚丰，阿拉伯文著述有《教义学批判》、《行者的旅程》和《探索的光芒》等；波斯文著述有《闪念》、《心灵》、《修行者的宝库》、《神秘论者的食粮》、《神学篇》、《托钵僧记》、《友情篇》、《七层围墙》和《默祷录》等；此外还有

《古兰经》注本，以及由他的弟子编辑而成的《苏非派教制》，该书为安沙里用赫拉维语（赫拉特方言）讲解苏非派教制的言论集。用韵文写成的《默祷录》，最先采用诗文相间，相互杂糅的形式，为后来萨迪创作《蔷薇园》提供了模式。安沙里不仅是波斯韵文的先驱作家，而且创作了不少宣扬神秘主义的"鲁拜"诗，如"爱情如血，在我血管中涌流，莫道虚无，尚有那情人挚友，挚友占据了我整个心身，名字除外，全归他所有"。又如"敬主之道本有两处天房，一处在西方，一处在心上。劝君行善，多为他人着想，温暖一颗心胜过千百次朝拜天房"。这种虔诚敬主、劝世济人的说教，虽然是宗教宣传和道德训谕，但对饱受战乱之苦的普通信众来说，仍不失为一种精神上的慰藉。

3. 萨纳伊和他的《真理之园》

自苏非教义被纳入正统信仰以后，随着苏非派在民间的深入发展，神秘主义诗文创作日趋丰富，形式多种多样。"伽扎尔"体苏非抒情诗和"玛斯纳维"体苏非叙事诗开始出现，逐渐取代了以往形式短小的

"杜·贝蒂"和"鲁拜"体神秘主义诗歌。这时期苏非诗人的代表之一,是生于加兹尼(今阿富汗境内)的阿布马杰德·马杰杜德·萨纳伊(1080—1140)。贵族家庭出身的萨纳伊,青年时代作为伽色尼朝廷的宫廷诗人,曾写诗颂扬玛斯乌德·本·易卜拉欣和巴赫拉姆·沙赫(1117—1153年在位)两位国君及其大臣。在为统治者歌功颂德的同时,规劝他们要体恤民情,"心存公正";否则百姓将不得安宁。出游呼罗珊的旅途中,萨纳伊结识了不少苏非派学者和首领,思想受到很大震动,生活态度发生了根本改变。嗣后,他无心继续奉侍朝廷:"为何要颂扬他人而玷污聪明才智,为何要讥讽他人而损害语言文字。"萨纳伊动身前往麦加朝觐,途经各地名城,遍访苏非学者,探讨神秘主义的真谛,成为地道的苏非导师。朝觐归来,他又去巴尔赫、萨拉赫斯、马鲁和内沙浦尔等地游学,1124年返回加兹尼后,隐世遁居,修心养性,埋头著书立说,直至寿终。

《萨纳伊诗集》包括"伽扎尔"抒情诗、"伽西代"颂诗和"伽特埃"体杂诗等,共约24000余行。他的前期诗作继承了法罗希(?—1037)和玛努切赫里(?—1040)等先辈诗人的风格,并受到同时代诗人玛斯乌德·萨德(1048—1121)的影响;后

四、苏非文学的勃兴

期的诗歌继承和发展了早期神秘主义诗人的传统,增加了道德训谕的内容,更深入地阐发了苏非思想的奥秘。他的"伽扎尔"苏非诗语言朴实,内涵丰富,尤为令人称道。现引一首为例:

> 罗马人、中国人的品行尽人皆知,
> 萨纳伊品质如何?敬请看个仔细。
> 透视内心深处,不见贪婪和悭吝,
> 从里到外,绝无半点狂妄和敌意。
> 出门脚下没有车辇代步,
> 囊中如洗没有立锥之地。
> 浑身上下并无华丽的衣饰,
> 却如天使乘舆在空中飞驰。
> 友人夸他时赞不绝口,
> 仇敌却骂他不三不四。
> 他坦然自在,无拘无束,
> 就像玫瑰、百合和茉莉。
> 对敌人从不怀丝毫的恶意,
> 他脸上见不到恼怒的痕迹。

这首诗活脱脱地勾画出一个虔诚的苏非修道者的形象:清心寡欲,不贪不吝,不狂不愤,安于清贫,胸怀坦然，克己拜功，与世无争，自得其乐。好一个专注于精神修炼的苏非！只是过于自命不凡，与现实拉开了距离。严重脱离实际，是苏非思想的最大特征。就此而论，所谓神秘主义诗歌，不过是虚幻的宗教妄说和自我精神安慰，没有多大的实际意义。但它含有某些劝善惩恶的积极因素。

萨纳伊是最早采用"玛斯纳维"叙事诗宣扬苏非思想的波斯诗人，这方面的著作有《真理之园》、《修行之道》、《求真之路》、《巴尔赫记》、《情爱篇》和《理智篇》等。其中以1130年写成的《真理之园》影响最大，全书约两万余行，共分10章，即赞颂崇高、唯一之主；论言语；赞颂先知；论智慧；知识的功能；理智与性情；论傲慢、粗鲁和忘性；赞颂巴赫拉姆·沙赫；论幸福和正道；写书缘由。作者在诗中常引述简短的故事，借以规劝世人不要追逐名利，贪图享乐，而应排除杂念，专心修行，虔诚敬主。他提倡学习科学知识，主张学以致用，并奉劝统治者勿施暴政，欺压百姓，而应秉公办事，主持正义。为了阐明神秘主义观点，诗中还借用外国寓言故事。如第1章就改写了一则印度寓言"瞎子摸象"，以说明任何个人都无法了解安拉的全貌，充其量只能认识真主的某个侧面，因而不可自以为是，以偏概全。

苏非派认为，信徒必须全身心地热爱安拉，只有这样，才能无所畏惧，有所作为；否则，必将产生动摇和犹豫，以致遭受挫折和失败。《真理之园》第5章讲述的爱情故事，就生动地说明了这个道理。一条大河把一对热恋的男女隔开，男子每晚泅水过河与情人幽会。因他情真意切，恋情似火，所以一切风险全不在话下。一天，他无意中发现情人面颊上有一颗黑痣，觉得长的不是地方。就在这一瞬间，情人看透他的心思，便说："我劝你今夜不要泅水过河，不然波涛滚滚会把你吞没。"男子勉强坚持下水，结果葬身鱼腹。结尾处诗人点明主题："当他情义满怀，沉醉于爱情，波涛中任他往来，弄潮游泳；一旦他从爱的陶醉中苏醒，便勇气全消，断送宝贵的生命。"

4. 阿塔尔和他的《鸟的逻辑》

法里德丁·穆罕默德·阿塔尔（1145—1221）是继萨纳伊之后的著名苏非诗人。他生于呼罗珊名城内沙浦尔，早年随父亲经营香料药材生意，间或行医治病。后来，他对神秘主义发生兴趣，投师马杰德丁·巴格达迪门下，被培养成苏非导师。阿塔尔曾游学埃及、大马士革、印度和土耳其等地，并去麦加朝觐，会见过许多苏非学者和圣徒长老。他勤奋好学，博览群书，著述等身，共计114部。他虔诚敬主，刻苦功修，并以此感到自豪。像所有的苏非诗人一样，阿塔尔有一股我行我素的傲气，他鄙视投靠朝廷、献媚取宠的御用文人："我一生从未给人唱过赞歌，还不曾为谋生而把珍珠钻磨。"①

约有两万余行的《阿塔尔诗集》，收录了他一生创作的"伽西代"颂诗、"伽扎尔"抒情诗和"伽特埃"体杂诗。诗中饱含神秘主义哲理和宗教性的道德训谕，字里行间洋溢着作者对安拉的无限热爱和向往。试举一首"伽扎尔"诗为例：

> 待来日借助我的心灵，
> 举步登上那苍天之顶。
> 在我和他相会的瞬间，
> 冥冥中万物消失尽净。
> 我仿佛已不认识自己，
> 气息犹存何不求新生。

---

① 意指写诗。

四、苏非文学的勃兴

抛弃肮脏不堪的躯体,
将圣洁之气置于心灵。
用我的心铸成一把火炬,
让气息点燃它光耀通明。

苏非照明学派认为,人类自身先天具有"内光",通过拜功修行,净化心灵,可使这种"内光"与"安拉之光"的照明直接相通,灵魂即可摆脱肉体的束缚,返本还原,升归天园。诗中描述的"不觉外物"的功修状态,似乎"气息"已经与主沟通,进入"人主合一"的境界。克己苦修到这种地步,是苏非信徒所求之不得的。

阿塔尔写得最多,成就最大的,是富于哲理和劝诫性质的"玛斯纳维"叙事诗,如《神秘论》、《心释》、《真主论》、《珍宝篇》、《磨难记》、《训言录》、《鸟的逻辑》、《夜莺颂》、《骆驼颂》、《自由意志说》、《霍斯鲁传》、《海达尔传》、《奇迹》、《冥语》和《成功的奥秘》等。其中以《鸟的逻辑》最为著名,被誉为苏非叙事诗的代表作。全诗9200行,讲述一群鸟历尽千辛万苦去追寻神话传说中的大鹏的故事。诗中的众鸟喻指苏非修行者,担任向导的戴胜鸟喻指苏非导师,途中的艰难辛苦比喻苏非拜功修行过程中的7段"旅程",神鸟大鹏是苏非信徒朝思暮想的真主的象征,而坚持到最后抵达伽弗山的30只鸟,则是完成修炼,进入"人主合一"境界的圣徒的化身。波斯文中"大鹏"一词与"30只鸟"的写法和读音完全一样,诗人巧妙地利用词形和词音的相同,构思出生动有趣的故事,借以阐明苏非派的一个哲理,即:安拉就在修行者的心中,要想接近真主,就必须抛弃私心杂念,勤于功修,并最终在"人主合一"中获得永生。若把苏非神秘主义的说教置于一边,单从文字角度去欣赏诗作,那么诗中宣扬的那种为实现理想而勇往直前的奋斗精神,还是值得肯定的。

把趣味盎然的寓言故事与艰涩深奥的苏非哲理熔于一炉,是阿塔尔诗歌创作的突出特点。他有一些篇幅短小的寓言哲理诗,如《蚊子与梧桐树》,读来也很耐人寻味。

> 这天蚊子要找个地方落脚,
> 就飞落在一棵梧桐的树梢。
> 少顷,它又要往别处飞,
> 特向大梧桐树表示歉意:
> "对不起!给你添了不少麻烦,

今后不再前来打扰,使你讨厌。"
闻听此言,梧桐开口言道:
"如此多礼,实在没必要。
任你飞来飞去,我全然不晓,
这样煞有介事,岂不庸人自扰。
哪怕十万只蚊虫一齐落到身上,
我也丝毫感觉不到你们的份量。"

这首仅有12行的小诗,通过蚊子与梧桐的对话,揭示了"人贵有自知之明"的道理,并告诫苏非教徒,在唯一、万能的真主面前,个人是微不足道的,切不可妄自尊大。

5. 阿拉伯苏非诗人伊本·法里德

就苏非神秘主义诗歌创作而言,阿拉伯明显地不如波斯。阿拉伯的苏非诗人数量不多,其成就和影响也有限。伊本·法里德(1181—1235)被认为是阿拉伯苏非诗人中的佼佼者。他生于开罗,青年时代就具有强烈的苏非倾向,曾离家出走,隐居独修多年。后前往麦加朝觐,在那里刻苦修炼,长达15年之久,终于成为闻名遐迩的神秘主义学者。

伊本·法里德有一部诗集传世，篇幅不大，包括近20首颂诗和一些短诗，诗中主要描写作者一心向主，克己拜功，长期修炼的亲身感受和神秘的体验。《酒颂》和长达1500多行的《神秘的历程》是伊本·法里德的代表作。前者通过对酒后神思遐想的描写，表述了诗人消融于神爱所获得的快感，在醉意朦胧的状态下，个人的灵魂与至善至美的安拉相合，由此产生一种不可言状的精神体验；后者写神秘主义者对神性之爱的向往和追求，"开端是相思之苦，结尾是致命之痛"。"致命之痛"是言自我的"寂灭"，即完全融化于安拉之中，苦尽甘来，最终实现"人主合一"。

对伊本·法里德的《诗集》，注家众说纷纭，莫衷一是。有的从字面解释诗句的含义，认为那种令作者陶醉的爱是尘世的、物欲性质的；有的则从诗的神秘主义内涵加以分析，认为作者的旨趣在于表现个人内心的隐秘，阐述苏非教理；也有的从上述两个角度进行综合解说，这样做似乎比较全面，更令人信服。总之，像其他优秀的神秘主义诗歌一样，伊本·法里德的诗作，感情沛然，想象丰富，譬喻新颖，语意隽永，既可加深读者对苏非教义的理解，又能给人以文学美的享受,称得起是上乘之作。

6. 独树一帜的苏非散文

苏非散文作品和神秘主义诗歌一样,是伊斯兰文学的重要组成部分。以宣扬苏非教义和神秘主义哲理为宗旨的苏非散文,多采用韵文的形式。这种韵文要求字斟句酌,整齐对偶,重视声韵谐和,辞藻华丽。从而把散文创作推向一个更高的发展阶段。苏非散文作品主要包括著名长老和圣徒的传记,宗教性的道德训谕著述和富于哲理的幻想故事等。通过讲述民间传说,趣闻轶事乃至日常生活奇遇,以达到宣传苏非思想的目的,是苏非作家普遍采取的艺术手法,其中难免虚构、夸张的成分,但却增添了作品的趣味性和文学性;再加以惯用的隐喻、暗示,生动的谚语和格言,更使作品显得寓意深刻,耐人寻味了。

(1) 圣徒传记

最早记述苏非教长和圣徒生平业绩,及其劝世箴言的作品,是波斯苏非派正统主义学者赛义德·阿里·侯吉维里(1009—1071)的《神秘的启示》,写于拉合尔。书中阐明的神秘主义哲理和各种礼仪,成为后来印度苏非派教义的理论和实践基础。前述苏非导师兼诗人阿布·赛义德·阿比哈伊尔之孙穆罕默德·本·莫纳瓦尔和卡玛尔丁·穆罕默德,分别撰写了《一神论之奥秘》和《阿布·赛义德·阿比哈伊尔长老的生平和言论集》,生动地记述了这位长老献身苏非事业的一生,及其劝世济人的说教。最著名的苏非传记作品,当推诗人阿塔尔的《圣徒列传》。该书以生动流畅的语言,记述历代96位苏非首领的生平业绩和嘉言懿行,圣徒们克己拜功、刻苦修炼的情形,以及他们有关神秘主义的阐释和劝善惩恶的箴言,被认为是苏非派的经典之作。

(2) 道德训谕著述

早期苏非学者卡什利耶(986—1072)的《文集》,包含许多富于教益的小故事,目的无非是劝人行善积德,专注精神修炼和道德修养。享有"宗教复兴者"美誉的安萨里(1058—1111),著作甚丰,其中《幸福炼金术》(写于1097—1107年外出游学途中)和《帝王的忠告》(1109)含有关于道德训谕的内容。前者在论述灵魂、真主、尘世和冥界的同时,规劝人们笃信安拉,勤修苦练,乐善好施,济世利民;后者是专为朝中官吏撰写的施政指南,书中援引历代帝王将相和社会贤达的嘉言懿行,通过富于教

四、苏非文学的勃兴

益的传说故事,奉劝统治者好自为之,秉公执法,为民造福。安萨里的弟弟阿赫迈德·安萨里(?—1126)是苏非学派大法官,他的《情人轶事》阐述了神秘主义情爱的奥秘,内含许多克己拜功、苦心修炼的圣徒故事,意在劝人加强自我道德修养,争取早日超脱凡俗。此外,卡迪·哈米德(?—1164)的《玛卡梅故事集》,系仿伊本·阿里·哈里里(1054—1122)的"玛卡梅"之作,共计24篇韵文故事,内容涉及历史、哲学、苏非思想和社会伦理等,其主旨在于劝善惩恶,针砭时弊。该书用韵文写成,词句华丽,讲究对偶,且流利顺畅,被誉为波斯韵文的典范。

(3)富于哲理的幻想故事

这方面的代表作是伊本·图斐利(1100—1185)的《哈义·本·叶格赞的故事》。伊本·图斐利生于伊比利亚半岛格拉纳达附近的卡迪西村,是安达鲁西亚的阿拉伯哲学家、医学家和文学家。故事主人公哈义·本·叶格赞,原是非婚生婴儿,在荒岛上,被母羚羊喂养长大。这个野人克服重重困难顽强地活下来。通过观察和思索,他逐渐地认识和掌握了自然规律,进而明了人生和宇宙的奥秘,成为亲身感受到安拉存在的大彻大悟之人。后来,他曾到邻岛去宣传

"真理",试图改造那里充斥着腐败和谬误的社会,但未成功,只得返回荒岛,了却一生。作者意在说明人类自身具备认识自然,接近安拉的先天条件,只要艰苦奋斗,虔诚敬主,专注精神修炼,就能实现与真主的和谐统一。如若不然,一味贪图物质享受,沉浸于声色犬马之中,就将永远摆脱不了愚昧和腐败。

五、鼎盛时期
（13世纪中叶—15世纪末）

1. 概述

13世纪中叶大举西征的蒙古人攻陷巴格达，消灭阿巴斯王朝（750—1258）。此后，伊斯兰世界以幼发拉底河为界分为两大部分：西南地区由伊拉克经叙利亚伸展到北非；埃及马木留克王朝（1250—1517）的建立，阻止了蒙古人的西进和十字军的东侵，保卫了伊斯兰文明，开罗取代伊拉克成为阿拉伯文化中心。东北地区以波斯为中心，西经小亚细亚延伸至欧洲边缘，往东直抵印度，北临中亚一带；土耳其奥斯曼帝国（1299—1924）的兴起，于16世纪初取代埃及，成为伊斯兰正统信仰的捍卫者；处于蒙古人统治下的波斯和中亚地区，先后建立伊儿汗国（1250—1353）和帖木儿帝国（1379—1506），这期间波斯的伊斯兰文化空前繁荣，达到前所未有的鼎盛状态。形成这种局面，原因甚多，在很大程度上似应归功于深入民间积极开展活动的苏非教团。

自安萨里（1058—1111）将神秘主义纳入正统信仰，使伊斯兰教重建于个人信仰活动的基础之上以后，苏非教理不但得到官方的承认和支持，其思想体系进一步系统化和理论化；而且苏非教团深入民间发展，在社会上进一步组织化和制度化。常设性苏非教团相继问世，完备的道堂制和教阶制的逐渐形成，促使各地苏非信众人数大增，甚至扩展到边远的国家和地区。如果说早期阿拉伯人的对外扩张和穆斯林政权的建立，为伊斯兰教的传播创造了有利条件，使之顺利地完成由单一的阿拉伯民族宗教向多民族的阿拉伯帝国宗教的转变；那么后期苏非传教士（托钵僧）的云游四方，宣经布道，则对伊斯兰教的广泛传播，走向世界，发挥了举足轻重的作用。13世纪中叶至15世纪末，各地苏非教团的异常活跃，是伊斯兰世界最显著的特征。在埃及有巴达维、沙兹里等教团的活动，后来传入的里法伊和卡迪里教团也获得发展；在波斯和中亚，苏非信仰成为伊斯兰教的主要表现形式，以波斯、中亚和安纳托利亚为基地展开活动的纳格西班迪教团，吸引了不少达官显贵和文人学者参加，其影响所及直抵南亚次大陆和中国新疆；在印度影响较大的有契斯提教团、苏哈拉瓦迪教团、卡迪里教团和库布拉维教团等。

神秘主义的广泛传播，对以波斯文学为代表的伊斯兰文学的影响显而易见。苏非文学继勃兴之后，于此时发展到顶峰，涌现出一大批成绩卓著的苏非诗人和作家，其中以毛拉维（鲁米）和贾米名气最大，他们的名篇佳作，如《玛斯纳维》和《七宝座》等，被视为世界文学宝库的珍品。在苏非文学兴盛的带动下，波斯的古典格律诗，尤其是"伽扎尔"抒情诗和"玛斯纳维"叙事诗，创作水平大有提高，产生了享誉世界的抒情大师哈菲兹和训诫诗巨擘萨迪。此外，还有为数众多的、或多或少受到苏非思想影响的诗人和作家，他们的诗文著述题材广泛，形式多样，为伊斯兰文学的高度繁荣作出了贡献。在伊朗文学史上，称这个时期的诗歌为后期"伊拉克体"，其风格特征为想象丰富，蕴藉隽永，语言精美，用词典雅，多用比拟、隐喻、暗示和象征等艺术手法，饱含苏非神秘主义教理，故有时显得艰深晦涩，令人费解。

2. 毛拉维——神秘主义诗歌集大成者

始于10世纪末11世纪初的苏非神秘诗，最先在波斯的道堂内流行，带有娱乐的性质，由苏非长老或歌手吟唱配乐的情诗，借以表达对真主的热爱和向往。从12世纪起，这种宗教神秘诗获得进一步的发展，出现用不同格律创作的、以阐述苏非教义和哲理为宗旨的大量作品，其中以萨纳伊的《真理之园》和阿塔尔的《鸟的逻辑》成就最高，影响最大。蒙古人统治时期，随着苏非教团势力的日益扩展，波斯神秘主义诗坛一片兴旺景象，孕育出享誉世界的大诗人加拉尔丁·穆罕默德·毛拉维（鲁米，1207—1273）。

毛拉维生于巴尔赫（今阿富汗境内），仕宦人家出身。其父巴哈丁·瓦拉德是著名苏非学者，兼任花剌子模地方朝廷的文臣，失宠后取道巴格达去麦加朝觐，途经呼罗珊名城内沙浦尔时，与苏非大诗人阿塔尔相遇。阿塔尔将自己的著作《神秘论》赠送给年轻的毛拉维。朝觐归来，巴哈丁·瓦拉德携家眷前往叙利亚，后迁至塞尔柱朝廷统治下的小亚细亚，定居在科尼亚（今土耳其境内），从事传教和组建苏非教团。

毛拉维的一生主要是在科尼亚（当时称鲁姆）度过的，因此获得"鲁姆的毛拉"之雅号，简称"鲁米"。父亲去世时，他年仅24岁，继承教职，出任当地苏非教团的首领。鲁米自幼受到父亲的教育和熏陶，在伊斯兰教义学、哲学和文学等方面均有相当高的造诣。1244年，他与当时著名的苏非学者沙姆斯丁·穆罕默德·大不里士相识，结为莫逆之交。毛拉维十分钦佩沙姆斯丁的为人道德和渊博学识，在其影响下，竟然完全改变了自己的生活道路。他毅然背离了原教团，转而成为沙姆斯丁的忠实门徒。3年后，沙姆斯丁被迫离开科尼亚，流落他乡，从此杳无音信。出于对导师和挚友的思念，毛拉维心神不定，郁郁寡欢。他深居简出，不再与外界来往，专事著书立说，直至寿终。

毛拉维被公认为波斯苏非神秘主义诗歌的集大成者。他曾说："萨纳伊是眼睛，阿塔尔是心灵，我们追随的是两位先辈的传统。"用"玛斯纳维"体写成的6卷本叙事诗集《玛斯纳维》，共约52000余行，是毛拉维的代表作。他从1258年开始创作，3年后完成第一卷，其余5卷的写作用了十多年的时间。除了援引经训之外,诗中还大量采用寓言、民间故事和传闻轶事等,借以阐发深奥的苏非教义和神秘主义哲理,宣讲各种道德修养问题。这部煌煌巨制,凝聚了诗人的全部智慧和学识,被苏非派奉为稀世宝典,称誉它是"知识的海洋","波斯文的《古兰经》"。《玛斯纳维》一反传统叙事诗集以颂扬真主、先知和国王作为开篇的惯例,起笔就用笛声作比喻,点明作品的主题:

> 请听,芦笛发出怨声阵阵,
> 它在述说满腹的离愁别恨。
> 人们是从芦苇塘把我割断,
> 现对着笛孔倾吐内心幽怨。
> 心儿呵,被离别之苦搅碎,
> 欲见不得,只有哀痛悲戚。
> 无论何人远离自己的本原,
> 总想有朝一日能返本归原。
> 我为人们的处境感到难过,
> 相依为命,任它悲欢离合。
> 谁若对彼此的友情产生怀疑,
> 那就休想洞悉我内心的奥秘。
> 我的隐情虽然与哭诉相关,

仅凭耳聪目明却难以发现。
哭声大作，化为一团烈火，
心无烈火，也就没有生活。
爱情之火而今在芦笛内点着，
情火熊熊，让它猛烈地燃烧！

　　苏非派认为，人的灵魂远离自己的本原（安拉），巴不得能早日返本归原；但因受制于躯体和物欲横流的尘世而难以如愿，于是对在尘世的生活感到厌恶，对求见安拉不得而备受煎熬。毛拉维将芦笛的哭诉比作自己思念真主，渴望与主沟通的感情的渲泄，从而点明了写诗的旨趣。

　　接下去，诗人讲述了大小不一的故事，然后从中引出符合苏非思想的结论，达到宣经布道之目的。如《关于罗马画家与中国画家比试绘画技艺的故事》，讲到苏丹看罢中国画家绚丽多彩、栩栩如生的绘画，禁不住连声叫好。再看罗马画家的绘画，不用一笔，不着一色，却是光彩夺目，满壁生辉，映照出对面中国画的气韵风采，更显得神秘奥妙，令人拍案叫绝。写到这里，诗人笔锋一转，道出苏非主义的哲理，"弟子们，罗马人就像是苏非信徒，不图功成名就，不恋世上功夫。他们滤净自己的内心，一尘不染，排除私心杂念，不妒不吝也不贪。……心镜既明，味与色就全然摈弃，领略到的是虔诚敬主的真谛。"在苏非信徒看来，敬主之道全在心领神会，沉思默悟，静观内省，所谓一心向主，就是要做到爱主、信主、从主，为此必须滤净心镜，纯化感情，忘却自我，这样才能贴近真理。乃至与主合一。诸如此类的故事加宗教说教，例子比比皆是，不胜枚举。《玛斯纳维》中另有一类故事，作者虽未加评述，却给读者留下思考的余地。如《关于船夫与语法学家的故事》：

> 这日语法学家乘船出游，
> 他得意洋洋向船夫开口：
> "你可曾学过语法？"回答说，"没有。"
> "那你这大半辈子岂不是空抛虚度！"
> 船夫的心被刺痛，很不好受，
> 他保持沉默，从此不再开口。
> 一阵狂风骤起，把船儿推进急流，
> 语法学家见状，直吓得浑身发抖。
> "尊贵的大人，是否熟习水性？"
> "什么？游泳！这个我可不行。"
> 船夫道："如今小船陷入漩涡，

五、鼎盛时期

看来,你这一生不会有好结果!"

这则故事告诫人们,切不可妄自尊大,目空一切。苏非派认为,缺乏自知之明,喜欢自我炫耀,是愚昧肤浅的表现,也是修心养性的大忌。只有虚怀若谷,谦虚谨慎,专注功修,才有望达到"不觉外物",又"不觉其不觉"的境界,亦即"寂灭"状态,此时才算修持到家;否则,沾沾自喜于一孔之见,一技之长,将永远难脱凡尘,得道归天。总之,把苏非神秘主义与通俗有趣的故事糅为一体,用朴实无华、明白晓畅的语言,作深入浅出的讲解,进而达到宣扬教义的目的,这是毛拉维叙事诗的主要特征。

以《沙姆斯丁·大不里士诗集》题名的诗作,是一部"伽扎尔"抒情诗集,约36000余行。诗中多采用隐喻、暗示和象征等手法,通过对"情人"、"挚友"的思念、爱恋和追求,委婉含蓄地表达出苏非教徒对真主的虔诚和信仰,进而阐发"人主合一"的神秘主义观点。如"旅途坎坷不平,自有爱情领路,应该怎么前行,遵从它的吩咐。帝王的荫庇虽能确保平安,但最好与商队同行,并肩同步"。此诗宣扬"神爱论",把修道者比作商队,把对主的爱情视为修行的向导。又如"欲求那无影无形的真主,主仆一体，天房就是自己。若想朝拜心目中的天房，先要拂去心镜上的尘迹"。苏非派强调净化心灵，就是要摆脱尘世物欲的困扰，以对主的无限热恋和向往洗涤内心的污垢，克服矜持、傲慢、忌妒、贪婪、吝啬、炫耀、牵强、恼怒、纷争、酗酒、放荡和荒淫等毛病，使自己日臻完善，为"人主合一"创造条件。毛拉维的抒情诗虽然并不注重形式完美，辞藻华丽和音调的和谐，但却内涵深邃，感情充沛，韵味十足，被誉为波斯苏非神秘诗的典范，成为后世诗人效法的楷模。此外，他还有《无价之宝》和《书信集》等散文作品传世。内容主要也是对苏非教理的阐释。在波斯古典诗歌发展史上，毛拉维享有崇高的地位。他与菲尔杜西、萨迪和哈菲兹一起，被尊奉为"诗坛四柱"。他的作品和思想在伊斯兰世界，尤其是什叶派穆斯林中广为流传，影响极大。

3. 一代文宗萨迪

谢赫·莫什莱夫·本·莫斯莱赫（1208—1292）以笔名"萨迪"享誉世界。在波斯文学史上，他被称为"语言巨匠"，诲人不倦的"伟大导师"，其诗

五、鼎盛时期

文著作是波斯文学的最高典范,令后人望尘莫及。

萨迪生于设拉子,传教师家庭出身。他幼年丧父,成为孤儿,饱尝了生活的艰辛。青年时代前往巴格达,进入当时闻名遐迩的内扎米耶学院,刻苦钻研文学和伊斯兰教神学,师从苏非学者谢哈布丁·苏哈拉瓦迪(?—1235)。由于蒙古大军的入侵、地方王朝之间的混战和社会的动荡不安,萨迪的前半生几乎是在颠沛流离的旅途中度过的。在长达数十年的漂泊生涯中,他的足迹遍布叙利亚、埃及、摩洛哥、埃塞俄比亚、印度、阿富汗和中国新疆等地,并先后14次去麦加朝觐,待到返回故乡时(1256),已是两鬓斑白的老人了。这段云游四方的经历,使他广泛接触到社会各阶层的人物,对挣扎在死亡线上的劳苦大众的悲惨生活有了切身的体验,无疑对他以"仁爱慈善"为核心的世界观的形成,以及他日后的文学创作产生了深刻的影响。当时的设拉子被地方统治者以重金赎买下来,因而未遭到蒙古侵略军的破坏,社会秩序也比较安定。萨迪隐居故里,埋头写作,把自己从现实生活中悟出的人生哲理诉诸文字,以达匡世济人之目的。

流传至今的《萨迪全集》,主要包括"玛斯纳维"叙事诗集《果园》(1257),诗文相间的故事集

《蔷薇园》(1258),"伽扎尔"《抒情诗集》,以及"伽西代"颂诗、"伽特埃"短诗和"鲁拜"诗等。萨迪的散文著述,如《论文五篇》、《帝王的规劝》、《论理智与爱情》等,也是传世的佳作。

《果园》和《蔷薇园》是萨迪的代表作。从思想内容看,两部作品的侧重面有明显不同。前者主要写诗人心目中的"理想王国",是对纯洁、善良、正义和公道等美德的礼赞;后者多着眼于现实,意在揭示生活中的美与丑,善与恶,光明与黑暗。就写书的宗旨而言,即规劝世人避恶从善以匡正世俗方面,两者是完全一致的,而且都是萨迪对自己长期流浪生活的思考和总结。正如诗人在《蔷薇园》开头所说:"我在这本书里写了各地奇闻、圣人训谕、故事诗歌、帝王言行,以及我本人部分宝贵的生活经验。这就是我写作《蔷薇园》的缘起。"《蔷薇园》分为8篇:论帝王言行,论僧侣言行,论知足常乐,论寡言,论青春与爱情,论老年昏愚,论教育的功效,论交往之道,包括171个长短不一的故事。《果园》除序诗外共分10章:正义和治国之道,善行,真正的爱、陶醉与激情,谦虚,乐天知命,知足长乐,论教育,感恩,悔过与正道,祈祷与结束语,由160个小故事组成。通过讲故事达到道德训谕的目的,是萨迪文学创作的主要旨趣。将生动有趣的各类故事与亲切感人的道德说教结合起来，动之以情，晓之以理，使读者没有丝毫的枯燥乏味之感，这正是萨迪的高明之处。

仁爱慈善是萨迪思想的核心，劝善惩恶是萨迪作品的主题。上述两部传世之作，洋溢着深厚的人道主义精神。

> 亚当子孙皆兄弟，
> 兄弟犹如手足亲。
> 造物之初本一体，
> 一肢罹病染全身。
> 为人不恤他人苦，
> 不配世上妄为人。

《蔷薇园》中这首诗的起句"亚当子孙皆兄弟"，已被联合国采录为阐述其宗旨的箴言。萨迪关心民众的疾苦，对无依无靠的孤儿寡母更是寄于怜悯之情。他在《果园》里深有感触地写道："持刀行凶的男人并不可惧，倒是孤儿寡母的叹息令人心悸。寡妇点燃的一盏孤灯，往往会烧毁一座大城。"另有一首关于孤儿的诗说："要为幼年丧父的孩童着想，解除他心中的忧虑和悲伤。……试问帝王的宝座为何摇晃？只因孤儿的哀号令人断肠！"

出于对普通百姓的热爱和同情，萨迪对横行霸道的暴君酷吏深恶痛绝，他总结历史的教训，发出严正的警告："豺狼不能牧羊，暴君不能为王。"《蔷薇园》中有个故事，讲某暴君问一位圣徒："怎样修行才最有价值？"圣徒答曰："你最好每天睡午觉，这样就可以少危害他人了。"作为封建社会的文人，萨迪也主张"忠君"，并赞赏历史上的有道明君："君不见努希拉旺虽已过世千年，其仁政美德至今仍在耳边回响。"但在君王与臣民的关系上，他强调"爱民"："君主是树民为根，树茂皆因树根深。万勿逞凶害百姓，害民犹如自掘根。"在另一首规劝国王施仁政的诗中写道："为人若能留下美名传，胜似建造辉煌的宫殿。"萨迪把改造社会的希望寄托在有道明君身上。这种不切实际的幻想，显然是历史局限性造成的。

比较而言，在中古波斯诗人中，萨迪的作品是最贴近现实生活的，也是最为普通百姓着想的，这一点突出地反映在他对宗教，尤其是对苏非修道者的态度上。作为一个伊斯兰诗人，萨迪同样主张虔诚敬主，勤于祈祷。他极力反对貌合神离，虚情假义，无情地揭露和讽刺伪善的宗教人员。《蔷薇园》中有一则故事讲，某圣徒在国王召见之前，为抬高自己的身价而服用减肥药物，结果不慎误用毒药而送命。萨迪强烈地谴责口是心非的假善人："你的内心本无敬主之意，身上妄披圣徒的教衣。掀开你那七彩的门帘，露出屋里的一张草席。"对于苏非教徒的克己拜功，修心养性，萨迪并不反对，但他认为自顾个人的功德修炼毫不足取，弃世绝俗的闭门思过与人无益。《蔷薇园》中有诗谈到学者与圣徒之间的差异："一位学者从道堂走向学校，从此弃绝了修身养性之道。请问学者与圣徒有何区分，你为何离开道堂进入校门？答曰：圣徒忙于从水中打捞自家毛毯，而学者却竭力抢救溺水之人。"萨迪对"独善其身"的修行者并无贬意，但他更看重"兼善天下"的学者。人生在世不仅要"洁身自好"，更应该"行善积德"，造福于人类。萨迪的这种宗教道德观在《果园》里表述得更加清晰："敬主修行目的在为民效力，否则念珠拜垫与道袍又有何益？你尽可主宰社稷南面称王，但要心地纯洁如同修士一样。"

被誉为波斯古典诗歌"四大支柱"之一的萨迪，不仅是"玛斯纳维"道德训谕诗的巨匠，而且对"伽扎尔"抒情诗的发展作出了巨大贡献。在他之前，这类抒情诗还算不上波斯古典诗歌的正宗，其地位在

"伽西代"颂诗和"玛斯纳维"叙事诗之下。萨迪以他清新典雅、独具风采的"伽扎尔"诗作,开创了新局面,提高了抒情诗的声望,从而成为抒情诗泰斗哈菲兹的先行者。现引一首咏叹人性的诗如下:

> 人之高贵在于他的心灵,
> 服饰华丽不是人的特征。
> 假如只有嘴巴、耳鼻、眼睛,
> 那人和画像又怎能分得清?
> 七情六欲,动物皆具备,
> 野兽却不解人类的事情。
> 要做一个名副其实的人,
> 否则岂非笼中鸟架上鹦?
> 如果不幸成为魔鬼的俘虏,
> 人性泯灭,莫道天使无能。
> 一旦从内心排除了兽性,
> 你就将享有做人的美称。
> 若能进入唯主存在的佳境,
> 看吧!人性之美将光耀天庭。
> 君不见鸟儿高飞在自由翱翔,
> 何不脱俗去领悟人性的升腾。

五、鼎盛时期

从仁爱慈善的立场出发,萨迪时刻不忘劝戒世人要修身养性,好自为之,"做一个名副其实的人"。从这种道德说教中,似可嗅出神秘主义的气味。萨迪的抒情诗中的确有些反映苏非思想的佳作。

萨迪的语言平易而新奇,凝练而畅达,准确而生动。他的诗文作品,尤其是《蔷薇园》,数百年来不仅是学习波斯语的最理想的范本,而且是穆斯林道德修养的必读经典。书中揭示了深刻的人生哲理,阐明了穆斯林的行为规范和道德信条,字里行间闪烁着智慧的光芒,同时饱含着作者的炽热情感。"学生没有恒心,如同情人没有金钱;旅人没有常识,如同飞鸟没有羽翼;学者不去实践,如同树木不结果实;圣徒没有学问,如同房屋没有门窗"。诸如此类用韵文写成的名言佳句,在《蔷薇园》中俯拾即是,正如作者所说,是"用绚丽的五彩缤纷的长线串起的箴言的明珠"。

早在明清之际,《蔷薇园》就已经成为中国穆斯林经堂教育的课本,后由王静斋阿訇译出,题名为《真境花园》。萨迪在中国穆斯林中享有崇高声誉,他的诗文作品在14世纪中叶就已传入我国,其影响之深远,自不待言。

4. 抒情诗巨擘哈菲兹

波斯的世俗情诗发展到13世纪达到高峰，其代表诗人为萨迪，宗教情诗的集大成者为苏非诗人毛拉维。哈菲兹的抒情诗则是世俗情诗和宗教情诗相结合的产物，它既有"毛拉维的灵魂"——对苏非教义和神秘主义哲理的阐扬，又有"萨迪的语言"——凝练、质朴而清丽的诗句和富于教益的道德箴言。因而，哈菲兹被认为是波斯古典抒情诗的巨擘，素有"设拉子的夜莺"、"冥界的喉舌"等美称。

沙姆斯丁·穆罕默德·哈菲兹（1327—1390），生于设拉子，祖籍伊斯法罕，没落商人家庭出身。他幼年丧父，生活贫穷，不得不自食其力。在艰苦的条件下，他奋发图强，拜师结友，刻苦攻读文学、伊斯兰教法学和苏非主义神学，很快成长为颇有名气的青年诗人，并且是修道有成的神秘主义学者。因为能熟背《古兰经》，人们送他"哈菲兹"（意为"记忆力强的人"）的雅号。

哈菲兹生活在兵荒马乱、动荡不安的年代。当时入主伊朗的蒙古人政权（伊儿汗王朝，1256—1353）

五、鼎盛时期

日趋衰微，国内民族矛盾和阶级矛盾异常尖锐。广大城市贫民和手工业者不堪忍受异族统治者的压迫和剥削，纷纷揭竿而起。13世纪30年代伊朗东部和北部地区爆发"萨尔别达尔"起义和"赛义德"运动；50年代初设拉子发生政权更迭，伊儿汗朝廷册封的法尔斯地方君主阿布·艾斯哈格·印朱被莫扎法尔家族的穆罕默德·莫巴雷兹丁推翻。新建立的莫扎法尔王朝诸君，特别是舒贾国王，对曾在印朱宫廷供职和受宠的哈菲兹百般刁难，这势必影响他的诗歌创作。哈菲兹有关国王和宫廷政治的诗歌不下137首，其中既有对朝廷暴政的揭露和批判，又有对仁政善举的赞美和颂扬，可见诗人十分关注时局变化，并随时以诗作表明自己的政治态度："从南到北，从西到东，鬼魅横行，一片黑暗。""72个民族寻找藉口，争战不休，只因不明真理，必然误入歧途"。名声远播的哈菲兹虽然不断收到来自巴格达和印度等地君主的请柬，重金礼聘他为宫廷诗人，但他热爱自己的故乡，终不为名利所动，从未长期离开过设拉子。

由诗人生前好友和门生穆罕默德·古兰丹姆编辑而成的《哈菲兹诗集》，收诗500多首，约8000余行，包括"伽扎尔"、"伽西代"、"玛斯纳维"、"鲁拜"和"伽特埃"等各种古典格律诗，其中以"伽扎尔"抒情诗数量最多,成就也最大。哈菲兹的抒情诗内容极为丰富,既有对黑暗现实的有力针砭,又有对自由、理想的执著追求;既有对人间爱情和现世幸福的纵情歌唱,又有对伊斯兰教清规戒律的轻蔑和鞭挞;既有对伪善的宗教首领的冷嘲热讽,又有劝人行善的道德训谕;既有对人生哲理的阐述,又有神秘主义的说教。研究哈菲兹的学者力图将他的抒情诗分为两大类,即世俗抒情诗和神秘主义抒情诗。但总是"仁者见仁,智者见智",各执一说,难得统一。其实,哈菲兹的许多抒情诗都是同时具备苏非思想和对现实的批判性。扑朔迷离,模糊多意,这正是哈菲兹抒情诗的最大特点,因此才更显得富有魅力,耐人寻味。试举一例:

> 心儿哟,长年在追求那贾姆神杯,
> 殊不知,欲求之物正是自家宝贝。
> 闪光的珍珠隐藏在宇宙的蚌壳中,
> 怎能期待海边迷途者的慷慨施惠?
> 昨夜我去酒肆,向穆冈长老讨教,
> 因为智者的开导能使人振聋发聩。
> 但见他面带微笑,双手捧着酒杯,
> 呵.那杯中的万般景色令人陶醉!

五、鼎盛时期

圣者何日赐君这等稀世珍宝?
开天辟地之时得此映世之杯。
这变幻莫测的法术乃理智之所为,
曾记否撒马利、神杖和白手的神威?
可怜那被送上绞刑架的哈拉智呀,
只因揭示了奥秘而犯下滔天大罪!
倘若圣灵的恩泽不足以拯救人类,
后来者仍需把耶稣基督追随。
试问这美人的鬈发给人以何启迪?
哈菲兹在为迷茫的心儿感到羞愧。

这首诗开头4行中的"贾姆神杯"和"闪光的珍珠"喻"真理"（或真主），欲求真理则要靠个人的长期内心省悟，不能依赖他人施惠。接下去写酒肆老板（喻苏非导师）向讨教者展示能映照世界的贾姆神杯，是言为修行者指点迷津，即沿着殉教的圣徒哈拉智指引的方向前进，以拯救世界和人类。这无疑是苏非抒情诗，但其中却暗含着对现实专制社会扼杀理智的愤懑和抗争，以及作者为此而感到的困惑和自责。再举一例：

快来呀，理想的宫殿在土崩瓦解，

> 将酒来吧！生命的源泉就要枯竭。
> 天地间自由焕发出最绚丽的光彩，
> 执著地追求呵，我不惜丢弃一切！
> 可知否？昨夜在酒肆沉入醉乡，
> 梦中得以与索鲁什相会无比喜悦。
> 神鹰呵，何不在塞德列树上栖息？
> 这多灾多难的角落绝非你的巢穴。
> 展翅翱翔吧！在寥廓无垠的天国，
> 人世沧桑，谁知何时又木凋花谢？
> 朋友呵，务必照着我的规劝行事，
> 只因为它是托钵老僧的谆谆告诫。
> 既然自由意志的大门为你我紧闭，
> 又何不舒展眉头，笑对风花雪月？
> 老态龙钟的婆娘居然也谈情说爱，
> 有何诚实可言，在这畸形的尘界？
> 哈菲兹的蹩脚诗句呀值不得歆羡，
> 语言美、意境新，乃真主恩赐也！

显然，这是一首包含苏非思想的世俗抒情诗。作者说他在醉乡与天使索鲁什相会，感到无比喜悦。这是因为与神灵的沟通使他的精神得以解脱，享受到自由的快乐，如神鹰一般翱翔在寥廓的天国。但在强权和充

五、鼎盛时期

满谎言的"畸形的尘界",诗人深感压抑,不得自由。于是他俨然以酒徒自居,"舒展眉头,笑对风花雪月",采取我行我素,放荡无羁的处世态度:

> 来呀!快在酒海中荡起一叶扁舟,
> 心欢意畅逍遥游,美哉老少良俦。
> 萨吉呵,索性将我抛入酒觥之中,
> 有言道,行善者积德,不图报酬。
> 辞别酒家小店,踏上了新的征途,
> 浪子回头金不换,苍天呀多保佑。
> 将酒来!好一杯芬芳红艳的香醇,
> 让妒忌见鬼去,把它扔进臭水沟!
> 劝君莫介意,恕我喝得烂醉如泥,
> 可知否,内心几多哀怨几多忧愁?
> 揭去吧!迷人的葡萄姑娘的面纱,
> 你如深夜的太阳,照亮我的心头。
> 朋友呵,勿将我的尸骨埋入荒冢,
> 那酒肆的陶瓮才是我称心的灵柩!

哈菲兹蔑视权贵,不肯与世俗同流合污。他不贪图名利,仗义直言,敢于向传统的陈腐观念提出挑战:"来呵,让我们遍撒鲜花,斟满美酒,撕破头上的天幕,再造一重青天!既然人世间寻不着仁义和道德,何不再造就一个多情多义的人寰?"这"多情多义的人寰",也就是哈菲兹诗集中反复吟咏的香醇、美女和爱情的天地。诗人所孜孜以求的,恰恰是现实生活中所缺少的。"爱情的语言莫非出自如簧之舌?萨吉呀,将酒来!停止这番絮叨。哈菲兹的泪水冲走了理智和耐性,怎奈何,这炽热的情火实在难熬!"与其说哈菲兹大量的颂酒诗和爱情诗是在劝人及时行乐,毋宁说"醉翁之意不在酒",在乎表达自己的理想和追求。换言之,即诗中的琼浆玉液被赋予了特殊的含义——自由生活的源泉。若把饮酒视为伊斯兰教清规戒律的对立物,那么贪杯好酒岂不就是冲破宗教传统的束缚,追求个人思想自由的同义语?在哈菲兹的诗里,酒肆往往喻指个人的自由天地,酒徒则喻指心口如一、洁身自好的修行者,萨吉(酾客,美女或娈童)为真理(或真主)的化身,酒肆老板为苏非导师的象征。对诸如此类的神秘主义诗歌专用语,必须有所了解,谙于此道,才能把握苏非抒情诗的精神实质;否则,就看不懂这类诗歌,更谈不上中肯的评论了。

哈菲兹揭露和批判宗教虚伪本质的诗歌,大都是一针见血,毫不留情:"伪善者光荣体面,饮酒是作恶犯罪，这算什么敬主之道？什么宗教法规？""真主不愿见到关闭了酒肆，却招来伪善和欺骗的兴世"。他对虚情假义的宗教头目更是嗤之以鼻："何必学那胡言乱语的教士终日祈祷忏悔？与我们交往只需清酒一杯。哈菲兹呵，彼世的功德就是开怀畅饮，来呀！让我们诚心诚意把这功德积累。"诗人对来世进天园的说教不感兴趣，他更看重今世的幸福和欢乐："既然天堂就在你我眼前，何必轻信教士虚妄的谎言？草坪上已泛起初春的新绿，错过这大好时光，岂不太迂？"在这方面哈菲兹与先辈诗人欧玛尔·哈亚姆（1048—1122）的思想如出一辙。

古兰丹姆在《哈菲兹诗集》序中指出："苏非教徒歌颂真主时，听不到哈菲兹激动人心的诗歌，就难以唤起狂热的情感；而酒徒欢聚时，不吟诵哈菲兹情意缠绵的诗句，就会感到没有尽兴。"哈菲兹的抒情诗之所以有如此大的艺术魅力，原因在于他的作品不仅豪放洒脱，情真意切，炽烈感人，而且委婉含蓄，词意隽永，内涵丰富。诗人巧妙地运用典故、史话、象征、隐喻、双关语和谐音词等艺术手法，造成朦胧的诗意和模糊的旨趣，给人留下无限回味的余地。德国大诗人歌德盛赞哈菲兹道："你是一艘张满风帆劈波斩浪的大船，而我则不过是海涛中上下颠簸的小舟。"

5. 贾米——宣告黄金时代的终结

9世纪中叶至15世纪末,波斯文学从崛起、发展到鼎盛,经历了600余年的繁荣昌盛时期。努尔丁·阿布杜拉赫曼·贾米(加米,查密,1414—1492)是这个黄金时代的最后一位著名诗人和苏非学者,他以数量可观的诗歌和散文著作(据统计不下54种),为自己在伊斯兰文学发展史上赢得一席之地。

贾米祖籍伊斯法罕,生于呼罗珊的贾姆,卒于赫拉特(今阿富汗境内)。青少年时代随父去赫拉特求学,进内扎米耶学院深造,后游学撒马尔罕,再次返回赫拉特,师从纳格西班迪教团首领萨德丁·喀什噶里,被培养成苏非长老。他在伊斯兰教神学、文学和历史等方面造诣颇深。贾米与赫拉特朝廷关系特别密切,深得侯赛因·巴伊格拉国王(1469—1506年在位)及其大臣阿里·希尔·纳瓦依(1441—1501)的赏识和器重。1472年,贾米动身去麦加朝觐,路经哈马丹、库尔德斯坦、巴格达、卡尔巴拉、纳杰夫

五、鼎盛时期

和沙特阿拉伯等地,归途中又走访了大马士革和大不里士。一路上他受到各地方朝廷的热情款待,有的甚至派出卫队和仪仗队迎送,其声名之显赫不言自明。

贾米知识渊博,著作等身,在诗歌和散文方面均有佳作传世。《贾米诗选》包括他一生创作的"伽扎尔"抒情诗,"伽西代"颂诗哀歌,"玛斯纳维"叙事诗和"鲁拜"、"伽特埃"等短诗杂咏,内容主要是宣扬苏非教理,带有宗教劝谕性质。诗人将整部诗集划分为"青春"、"婚约"和"生活"三大部分,按写作的先后顺序排列。贾米的诗作通俗流畅,词意隽永,感情充沛,毫不造作。试举一首含有苏非思想的抒情诗:

极度渴望相会,但我没去见你,
你与他人欢聚,令我火燎心急。
对于莫逆之交,你若心起杀机,
出于深情厚谊,我也不会怪你。
呵,只因贪图那甜美殷红的朱唇,
早晚泪水不止,尽洒玛瑙和宝石。
正是那销魂的朱唇使我苟延残喘,
吻我吧!今生今世我全托付于你。
理智呵,切莫干预改善我的生活,

从今后我钟情于她，将如醉如痴。
　　看那林中松柏，正是你绰约丰姿，
　　皎月光华泻地，显示你美貌无比。
　　收回神驰的心儿，贾米倾诉衷肠：
　　此时此刻我深坠情网，实难拔离。

贾米的"玛斯纳维"叙事诗集《七宝座》，是仿效先辈诗人内扎米（1141—1209）的《五卷诗》而写成的。其中《蕾莉与马杰农》（1484）、《亚历山大的智慧》（1485）是对内扎米写过的故事的增补；《黄金锁链》（又译《黄金传系》）、《尊贵者的赠礼》（1481）和《虔信者的念珠》（1482），是宣扬苏非神秘主义观点的力作；其余两部是包含苏非思想的爱情故事诗《萨拉曼与埃布萨尔》、《尤素福与佐莱哈》。《尤素福与佐莱哈》被认为是贾米的代表作。故事取材于《古兰经》，诗人作了艺术加工，突出了男女主人公爱情纠葛的描写。书中有关青年尤素福应邀赴宴，风采奕奕惊动四座。埃及嫔妃看得目瞪口呆，以致于手指被餐刀划破的情节，描绘得惟妙惟肖。结尾部分写由爱慕到嫉恨，进而加害于尤素福的埃及王妃佐莱哈，饱尝了爱情的苦果，被折磨得形容憔悴，老朽不堪。此时，她与尤素福相遇，俩人有一

五、鼎盛时期

段精彩的对话:

> 如今为何不见你那娇美的容颜?
> 答曰:正是离愁别恨把我摧残。
> 你那双明眸为何失却往日光彩?
> 答曰:日夜相思泪水把它遮盖。
> 你那亭亭玉立的身躯因何佝偻?
> 答曰:载不动朝思暮想的忧愁。
> 为何不知节俭,耗尽家资万贯,
> 怎不见你配戴珠宝,霞帔凤冠?
> 答曰:对你的赞誉胜过五彩花环,
> 谁赞扬你,我就惠赠他金银财产。

佐莱哈对爱情忠贞不渝,至死不悔,终于感动了真主。在真主的帮助下,她终于如愿以偿,恢复了青春,并与尤素福喜结良缘。这个具有浪漫色彩的喜剧性结尾,含有苏非神秘主义的寓意,即经过心灵和肉体的艰苦磨难,有朝一日终将实现"寂灭",达到"人主合一"的理想境界。

贾米的散文著述以阐发苏非教理为主旨,摘其要者有《真义探讨》(1459)、《提案》(1465)、《光束》(1470)、《近主亲密的气息》(1478)、《先知使命的显证》(1480)、《灿烂的光辉》(1481)和《春园》(1487)等。此外,还有关于伊斯兰神学(《真主颂》、《朝觐大典》)、宗教伦理学(《苏非教派研究》)、宗教史学(《苏非教派史》)和史学(《赫拉特史》),以及诗韵、乐理、语法和文字学等方面的论著。其中《近主亲密的气息》,记述了历代582位苏非派首领的生平事迹,是一部颇有价值的宗教文献。带有伦理道德说教性质的《春园》,据说是贾米为教导儿子而撰写的通俗读本。该书以散文故事为主,中间嵌以短诗点明旨趣。这部作品从体裁到内容都是效法萨迪的《蔷薇园》,然而其成就却不如后者。

贾米为人朴实、谦虚,勤奋好学,诲人不倦。他在一"伽特埃"短诗中写道:"宁愿用牙齿咬断铸铁纯钢,宁愿用手指抓破顽石花岗。哪怕伏身钻进火红的炉膛,把燃着的木炭放到眼上。哪怕头顶百峰骆驼的重量,飞步不停从东方跑到西方。这一切,贾米都能忍耐,断不能领受小人的恩赏。"这铿锵有力的诗句,表现出诗人自尊自强的高尚人格。他的诗歌和散文著述不仅在伊朗广为流传,而且在印度、阿富汗、土耳其和中国等国家也有一定的影响。贾米对苏非理论家伊本·阿拉比(1165—1240)的《智慧的珍宝》

作过注释,称为《勒瓦一合》(意为"光之闪光"),中国伊斯兰教学者刘智将其译为汉文,取名《真境昭微》。贾米对法赫尔丁·阿拉格(?—1289)的《神圣闪光》的注释本《额慎哂哼》(意为"电之光"),被列为中国伊斯兰教经堂教育读本之一,有破衲痴的汉译本《昭元秘诀》。刘智在他的《天方性理》中将上述两个注释本分别称为《昭微经》和《费隐经》(有时也称《额史尔》),并在《天方典礼》中引用过有关论述。是为中伊两国穆斯林文化学术交流的见证。

6. 其他著名诗人

除上述几位扬名世界的大诗人外,鼎盛时期的伊斯兰诗坛还涌现出一大批颇有成就的诗人,其中主要是苏非诗人或受苏非思想影响的诗人,他们多从事"伽扎尔"抒情诗和"玛斯纳维"叙事诗创作;传统的"伽西代"颂诗已不时兴,写的人日益减少,但也不乏成名之作。如阿拉伯诗人蒲绥里(1212—1296)的《斗篷颂》(汉译作《天方诗经》),共324行,就是一篇颂扬先知穆罕默德生平、功德和业绩的佳作。据说诗人患瘫痪症，长期卧床不起，却时刻不忘祈祷真主。某夜忽然梦见穆罕默德前来探望，并将斗篷解下盖在他的身上。翌日清晨，诗人病体痊愈，欣喜万分，提笔疾书，写下感情真挚的诗篇。这首诗虽系蒙昧时期诗人祖海尔（530—627）同名诗歌的仿作，但在内容和艺术手法上均有所创新，故深受穆斯林的欢迎，在伊斯兰世界广为流传。

生于阿塞拜疆沙布斯塔尔的苏非学者兼诗人玛赫穆德（？—1320），是著名"玛斯纳维"叙事诗《秘密之园》的作者。《秘密之园》约2000行，系作者以诗体形式对呼罗珊苏非学者赛义德·侯赛因尼求教有关神秘主义问题的答复。诗中阐明了苏非信仰的基本原则。修行者克己拜功、修身养性的过程，以及经过艰苦磨炼，力求发现和接近真理，乃至"与主合一"的崇高志向等问题。并规劝世人以豁达的态度处事待人："世界就像点、线、眼睛和眉毛，每样东西各就其位便十分美好。"读了《秘密之园》会对苏非诗歌的专用术语，如点、线、鬈发、朱唇、蜡烛、美酒、见证和酒肆等，有更加透彻的理解，从而有助于我们把握这类诗歌的神秘含义。玛赫穆德的散文作品《确凿无疑的真理》和《探求者的明镜》等，是关于伊斯兰教神学和苏非主义的论著。

五、鼎盛时期

生于印度的波斯语突厥诗人阿密尔·霍斯鲁（1253—1325），是德里苏非教团首领内扎姆丁·乌利亚的得意门生，他的许多诗作都是歌颂这位德高望重的教长的。流传至今的《阿密尔·霍斯鲁诗集》，以创作年代为序，分为五大部分，青春赠礼，中途之旅，和谐乐章，诗中精粹和完美巅峰，包括"伽西代"颂诗，"伽扎尔"抒情诗和"伽特埃"短诗等不同类型的诗歌。此外，他还效法内扎米的《五卷诗》写成5卷"玛斯纳维"叙事诗，即《圣光普照》、《希琳与霍斯鲁》、《马杰农与蕾莉》、《亚历山大宝鉴》和《八重天堂》，全书共36000行，用3年时间（1299—1302）完成。阿密尔·霍斯鲁是位多产诗人，一生写诗10万余首，多为包含苏非思想的道德训谕诗。如他在《亚历山大宝鉴》中唱道："来呀！高高兴兴，欢欢喜喜，共享生活乐趣，那该多么得意。搬出酒瓮，招待亲朋知己，促膝交谈，充满青春朝气。大千世界，既然苦海无边，不求欢乐，还有什么期盼？时不我待，今朝绽开笑颜，昨日和明天的痛苦暂抛一边。"显然是在规劝饱受兵燹之害的百姓，要以乐观的态度对待世道的艰难。阿密尔·霍斯鲁的散文著作中，有关于写作技巧的专论《奇文赏析》。

波斯苏非诗人哈珠·克尔曼尼（1290—1352），

生于克尔曼,青年时代就小有名气。外出游学期间,到过巴格达、大不里士和伊斯法罕等地,曾赴麦加朝觐,后定居设拉子。在苏非大师阿拉道莱·塞姆南尼(1261—1336)的训导下,成为虔诚的苏非圣徒。与诗人哈菲兹相识后,两人过从甚密。《哈珠·克尔曼尼诗集》主要包括"伽西代"颂诗和"伽扎尔"抒情诗,诗中含有浓厚的苏非主义色彩。兹引一首"伽扎尔"抒情诗为例:

> 索莱曼的财宝在智者眼中一文不值,
> 摈弃权欲利禄之人才是索莱曼大帝。
> 人道是整个世界立于水面之上,
> 切莫轻信!哈吉呵,眼见为实。
> 象水仙怒放,睁眼细看这俗世尘界,
> 哪有花容月貌和黄杨般挺拔的躯体?
> 这破旧的驿站有什么值得留恋?
> 它的根基不牢,位置也不适宜。
> 看空中的骄阳,总是光耀他人,
> 卑贱之人命该如此,又能怎的?

哈珠的抒情诗深沉忧郁,苍凉悲切,饱含着对现实社会的愤懑。作为哈珠的知交,哈菲兹肯定也有这种思想，只是在诗歌的表达上，前者锋芒毕露，后者则委婉含蓄。除抒情诗和颂诗外，哈珠还写了5部"玛斯纳维"叙事诗，系仿内扎米的《五卷诗》之作。其中《胡玛与胡马雍》（1331）、《玫瑰与新春》（1340）是爱情故事诗；余者皆为宣扬神秘主义的苏非叙事诗，即《光明之园》、《至善诗篇》（1343）和《奇珍异宝》。《胡玛与胡马雍》讲述波斯王子与中国公主的爱情故事，反映了诗人对中国的向往，是两国人民源远流长传统友谊的例证。

有阿拉伯血统的波斯讽刺诗人欧贝德·扎康尼（？—1369），生于喀兹文的扎康村，出身名门望族，自幼受到良好教育，后迁居设拉子，曾去巴格达游学。这位"学中英才"生性耿直，刚正不阿，他的诗文作品指斥权贵，针砭时弊，矛头直指残暴的统治者和伪善的宗教首领，极尽冷嘲热讽之能事。欧贝德·扎康尼创作的严肃诗歌，包括"伽西代"、"伽扎尔"、"鲁拜"和"伽特埃"等不同种类的格律诗，约6000行，其语言风格近似欧玛尔·哈亚姆（1048—1122）："世界非你归宿也非我久留之地，明智者自当豪饮，放荡无羁。劝君把琼浆玉液浇到愁焰之上，趁你尚未命赴黄泉长眠地底。"饶有趣味的《情人篇》，是他用"玛斯纳维"体创作的爱情故事诗。欧贝德·扎康尼的主要成就在于讽刺诗，其中以"伽西代"体写成的寓言讽刺诗《鼠与猫》，活灵活现地刻画出恶猫的凶残和伪善，鼠群的软弱和轻信，深刻地揭示了统治阶级残忍本性不会改变的真理。诗歌短小精练，生动活泼，情节曲折，适合大众口味，尤为少年儿童所喜爱。

在鼎盛时期涌现的众多诗人中，还应该提到突厥语诗人阿里·希尔·纳瓦依（1441—1501）。他出身官僚贵族家庭，自幼受到良好教育，15岁就能用波斯语和察合台语两种语言作诗。曾任赫拉特国王侯赛因·巴伊格拉（1469—1506年在位）的掌玺官和宫廷秘书。一度出任阿斯塔拉巴德地方长官。后辞去官职，隐世遁居。经好友贾米介绍，加入纳格西班迪苏非教团。参与朝政期间，他大力支持文化和文学艺术活动，并以其诗文创作为伊斯兰文学的发展作出了贡献。题名为《精义宝库》的"伽扎尔"抒情诗集，收诗2500首，约44803行。诗中揭露上层统治阶级的争权夺利，骄横跋扈，抨击虚伪奸诈的宗教首领，歌颂普通百姓的纯洁爱情，宣扬一心向主、刻苦修炼的苏非思想。纳瓦依仿内扎米的《五卷诗》，用察合台文写成"玛斯纳维"体《五诗集》（1483—1485），共53000余行，包括宗教训谕性质的《正直者的惊愕》，爱情悲剧故事诗《蕾莉与马杰农》、《法尔哈德与希琳》，富于人生哲理的《七星图》和《亚历山大的城堡》。此外，他还仿苏非诗人阿塔尔的《鸟的逻辑》写成《鸟的语言》，意在宣扬神秘主义教理。纳瓦依的散文著述有《精英荟萃》、《五大奇人》、《词的审读》和《诗韵标准》等。人们称誉纳瓦依代表了"察合台文学的高峰"，这对他来说是当之无愧的。

7. 丰富多彩的散文创作

这时期的散文创作成绩虽然不如诗歌，但也不乏名篇佳作。总体来看，内容相当丰富，形式多种多样，在以往的基础上有新的发展。现从伦理道德著述、名人传记、讽刺作品、游记和诗歌论著等方面，作简要的介绍。

如前所述，萨迪的《蔷薇园》是伊斯兰世界伦理道德著述的典范，其影响深远，至今犹存。贾米的仿《蔷薇园》之作《春园》语言朴实，故事生动，阐述人生哲理深入浅出，堪称优秀散文作品。此外，毛拉维的《无价之宝》和大苏非纳杰姆丁·拉齐

（？—1247）的《信徒的康庄大道》（1228），在宣扬神秘主义教义的同时，阐述了自我道德修养的重要性。在蒙古朝廷担任首相的纳西尔丁·图西（1201—1274）是位著作等身的大学问家，他用波斯文写成的《纳赛尔伦理书》（1236）和《尊贵者的品德》，分别论述了道德伦理原则和修身治国平天下的要义，以及修行者的自我道德完善。

在名人传记方面，首推贾米写于1478年的《近主亲密的气息》，该书前言中对苏非术语、修行者的学识、圣徒的嘉言懿行和神迹等作了说明，然后讲述苏非派的发展状况，历数582名长老圣徒的生平业绩。《近主亲密的气息》文字通俗流畅，叙事言简意赅，不愧为波斯散文名著。帖木儿时期的波斯作家杜拉特·沙赫（？—1495）于1487年写成《诗人传记》，收录约150名诗人的生平传略，并附有诗选。阿里·希尔·纳瓦依用突厥文撰写的《精英荟萃》（1491），评介了约385位15世纪的诗人、学者和帝王将相，从中可看出当时的社会历史状况，以及波斯文坛的概貌，是一部颇有价值的传记作品。帖木儿末期的著名学者和传教师侯赛因·瓦埃兹·卡什菲（？—1504）的《殉教者园地》，讲述了先知穆罕默德家族成员的生平业绩和伊玛目遇难殉教的故事，采用诗文相间的形式,以波斯文和阿拉伯文两种语言写成。其中的哀诗多被用来悼念殉教者,在圣坛上吟诵,因而享有盛名。

以《鼠与猫》等讽刺诗著称的欧贝德·扎康尼,还是一位讽刺散文作家。他的主要讽刺作品有《贵人的品德》(1339),围绕智慧、纯洁、勇敢、正义、慷慨、坚韧和忠诚等伊斯兰传统美德的修炼问题,对道貌岸然、口是心非的达官显贵进行讽刺和挖苦;《百条忠告》(1349)以诙谐幽默的笔法,规劝世人行善积德,珍惜生命,乐观豁达;《恭维话》共10章,以戏谑和揶揄的口吻,揭示了不同社会阶层流行的恭维话,从中可窥见各类人物的社会心态;《笑林趣谈》中包括许多风趣幽默、令人捧腹的笑话和故事,使读者在娱悦的笑声中获得教益,受到启发,堪称讽刺文学的上乘之作。不妨试举一例:有个穷人带儿子上街,路遇出殡队伍。孩子问父亲,抬的是什么?父亲告诉他是死人。又问往哪儿抬?父亲说抬到没吃没喝,没饼没水,没柴没火,无金无银,无席无毯的地方去。儿子闻听,反问道:爸爸,那不是往咱们家抬吗?仅用三言两语,就把穷苦百姓生活的艰难,栩栩如生地展现出来。笔法之精炼,暗喻之巧妙,不言自明。诸如此类的笑话趣闻,酷似波斯民间流传的机智人物毛拉·纳斯尔丁的故事。这说明作者重视汲取民间文学的营养。

《异乡游记》是伊斯兰著名旅行家伊本·白图泰（1304—1377）的传世之作。他生于丹吉尔，曾赴麦加朝觐，先后进行过3次大旅游，足迹遍布摩洛哥、埃及、叙利亚、土耳其、俄罗斯大草原、印度、锡兰、中国和爪哇；后返回故乡，略事休整，又前往安达鲁西亚、苏丹和马里等地观光。1355年，摩洛哥国王书记官伊本·朱扎伊代他写成富有文学趣味的《异乡游记》。书中对泉州、广州、杭州的风貌，中国各地穆斯林的情况，中国制瓷、烧炭、排灌和发行纸币，以及中国与印度、海湾地区和阿拉伯半岛的海上贸易等，都做了详尽描述。1348年在访问杭州时，伊本·白图泰泛舟湖上，听到中国歌手在演唱波斯歌曲，吟咏萨迪的优美诗句："胸中泛起柔情，心潮如波涛汹涌，祈祷之际，壁龛中每每浮现你的倩影。"另一部重要的波斯文游记，是阿里·阿克巴尔（生平待考）的《中国纪行》（1516）。全书分21章，比较系统地介绍了明王朝的情况，诸如国家、军队、法律、监狱、经济管理、城市建设、历史地理、文化艺术、典章礼仪、社会习俗，乃至乞丐妓女等，均有所涉及。虽说个别章节有些荒唐的记述，但仍不失为研究古代中国的珍贵文献。

诗歌理论方面的著述主要有《波斯诗歌标准词典》（1233），作者为波斯人沙姆斯·盖斯·拉齐。书中阐述了波斯古典格律诗的韵律、韵脚设置及其内容和形式，并大量引用前蒙古时期波斯诗人的诗歌作为例证。作者认为诗歌应该"具有想象力，结构严谨，内涵丰富，音调和谐，句式均衡。"著名学者兼政治家纳西尔丁·图西（1201—1274）的《诗歌标准》除绪论三章外分为上下两篇，各包括10章，分别论述了古典格律诗的韵律和韵脚设置，并以波斯和阿拉伯诗歌为例，详加解说。作者认为诗歌的内容和意境要比它的韵律和节奏更重要，也更能打动人心。他在逻辑学专著《借鉴的基础》（1224）最后一章"诗歌"中称："古人把富于想象的词句看作诗歌，即使它不那么节奏鲜明也罢。"

顺便指出，蒙古人统治时期特别注重修史，因而产生了一大批史著，摘其要者有波斯人朱因尼（又译志费尼，1226—1282）的《世界征服者史》），拉施德丁·法兹罗拉（？—1318）的《史集》，以及阿拉伯史学家伊本·赫尔东（1332—1406）的《历史绪论》等。这些享誉世界的史著，不仅是史学界的经典之作，而且具有重要的文学价值。

六、文学风格的嬗变
（16 世纪—18 世纪）

1. 概述

16 世纪至 18 世纪的伊斯兰世界形成三个重要的穆斯林国家鼎立的局面。土耳其奥斯曼王朝（1299—1924）凭借武力扩张，先后征服和控制了小亚细亚、东南欧、埃及、叙利亚、阿拉伯半岛的希贾兹、也门和北非等地，发展成为横跨欧、亚、非三大洲的庞大帝国；在与信奉什叶派的波斯沙法维王朝（1502—1722，1730—1736）争夺伊斯兰教霸主地位的过程中，成功地捍卫了阿拉伯哈里发帝国长期坚持的正宗信仰。

六、文学风格的嬗变

在印度次大陆崛起的莫卧儿王朝（1526年至19世纪中叶），主要通过苏非教团的积极活动，初步完成了帝国的伊斯兰化；至16世纪下半叶时，苏非神秘主义教理渐趋衰落，受锡克教运动的影响，阿克巴大帝（1556—1605年在位）采取折衷主义的宗教教义和宽容的宗教政策，纳格西班迪教团的苏非学者希尔信迪（1563—1624）提出"见证单一论"，竭力弥合伊斯兰教法与苏非神秘主义之间的鸿沟；18世纪初奥朗则布国王（1658—1707年在位）死后，莫卧儿帝国日趋没落，出现深刻的"信仰危机"，正统宗教学者瓦利·乌拉（1703—1762）主张恢复伊斯兰教的原旨教义，将苏非主义纳入经训和教法，从而为苏非民间信仰与官方信仰的结合奠定了思想基础。

政教合一的沙法维王朝前期，强力推行什叶派的伊玛目教义，并试图将什叶派信仰与苏非派"完人"思想相结合，其代表人物为毛拉·萨德拉（？—1640）；王朝后期，以马吉里西（？—1699）为首的伊斯法罕学派，猛烈攻击苏非教理，将有关"人主合一"的说教及其精神修炼斥之为"愚妄的和可憎的赘生物"，最终导致神秘主义从什叶派教义中被剔除。在苏非教团一直十分活跃的奥斯曼帝国，18世纪时有大小36个教团，其中影响最大的是比克塔希教团。然而随着帝国的全面走向崩溃，苏非派内部开始分化，新兴的苏非主义者与阿拉伯半岛中部出现的瓦哈比派遥相呼应，从内外两个方面抨击苏非泛神论，力主复兴正宗信仰，改善社会道德风气，排除异端邪说，净化伊斯兰教，是为近代伊斯兰教复兴运动的前驱。

在社会和宗教发生剧烈变化的背景下，伊斯兰文学的发展方向和艺术风格也出现显著的改变。由于沙法维朝廷热衷于以什叶派立国，与奥斯曼帝国相抗衡，以维护得来不易的民族独立，遂无暇关照文学事业的兴衰，对之采取冷漠、轻视的态度，致使大批波斯诗人作家离国出走，投奔文学氛围较浓的印度宫廷，从而导致伊斯兰文学中心的转移，即由辉煌一时的波斯法尔斯地区，向东南转移到印度次大陆。这时期逐渐形成的新诗歌流派，被称作"印度体"，其艺术风格奇特新颖，与鼎盛时期的伊斯兰诗风迥然不同。以创作"纯正爱情诗"闻名的瓦赫希（？—1583），热情充沛，笔法细腻，对置身于爱情生活的恋人的各种心态，刻画得淋漓尽致，远非以往的爱情诗人所能比拟。擅长写"社会抒情诗"的萨埃布（1601—1677），以其独特的构思，新鲜的譬喻，生动朴实的语言，赢得了"印度体"代表诗人的美誉。

六、文学风格的嬗变

自18世纪下半叶,"印度体"诗歌开始走向衰落,诗人们过分追求奇异的构思,华丽的辞藻,朦胧的意境,因而显得晦涩深奥,令人费解。这时在伊斯法罕和设拉子涌现出以莫什塔格(1689—1757)和哈台夫(?—1784)为代表的一批复古派诗人,主张摈弃华而不实的"印度体"诗风,全力恢复和振兴古代"呼罗珊体"或"伊拉克体"的诗风,从而揭开了近代文学复古运动的序幕。

2. "印度体"诗歌的形成及其基本特征

自7世纪中叶阿拉伯人入主波斯以来,伊朗相继处于阿拉伯人、突厥人、蒙古人和鞑靼人的统治之下,历经900余年的灾难和混乱,终于在16世纪初建立了一个独立自主的沙法维王朝。为维护民族独立和国家统一,为争夺伊斯兰世界的霸主地位,沙法维国王立什叶派伊斯兰教为国教,倾全力推广什叶派教义,因而不遑顾及文学事业的发展。据称,诗人莫赫塔谢姆·卡善尼(?—1587)曾向国王塔赫玛斯布一世(1524—1576年在位)献诗,非但没有得到国王的奖赏，反而遭到严厉的训斥："我不喜欢诗人的赞歌，还是写诗颂扬庇佑国王的真主和伊玛目吧！"在沙法维宫廷的倡导和支持下，波斯的宗教诗歌和著述极为昌盛，其他的诗文创作势头锐减，整个波斯文坛显得很不景气。

与沙法维朝廷对文学的冷漠态度相反，此时的印度莫卧儿宫廷却十分热心波斯语文学的发展，支持和鼓励波斯语诗文创作，广招国内外知名诗人和学者，逐渐形成独具特色的"印度体"诗和新的文学中心。仅在阿克巴大帝（1556—1605年在位）宫中就聚集诗人近200名，其中不少是移居印度的波斯诗人，如著名的"印度体"诗人奥尔菲·设拉子（1555—1590）就长期在印度定居，至死没有返回故乡。又如波斯诗人塔莱布·阿莫利（？—1626）和卡利姆·卡善尼（？—1650），先后荣获印度国君贾罕吉尔（1605—1627年在位）和沙赫·贾罕（1628—1658年在位）的宫廷诗王称号，他们也在印度寿终，终生未归祖国；在印度声名大振的波斯诗人萨埃布·大不里士（1607—1670）侨居6年后，荣归故里，成为沙法维国王阿巴斯二世（1642—1667年在位）的宫廷诗王。

伊斯兰文学中心由波斯转移到印度，导致波斯文

六、文学风格的嬗变

学与印度文学的结合,从而形成新的文学风格。这种新的文学风格集中体现在被称为"印度体"的诗歌创作上。"印度体"诗歌无疑是传统诗歌发展的继续,同时也吸收了印度诗歌的因素,因而具有崭新的艺术风格和与传统诗歌截然不同的基本特征,归纳起来有以下几点:

(1) 构思奇特,内容含蓄。"印度体"诗人刻意求新,不落俗套,"欲将夜空星座置于沉思的脚下,只为求取新意,令人拍案叫绝"(卡利姆诗)。他们的诗作主题模糊,且给人以"陌生"之感:"你心平气和,休劝我要有耐性,将宝石放进投石器——我恨不能"(萨埃布诗)。

(2) 诗意冷峻,用词简约。"印度体"诗虽然不乏感情沛然之作,但总的看来比较冷漠严峻。"人世间的邪恶扼杀了我的忍耐,欢乐几许?大小不过一个指甲盖"(萨埃布诗)。"比大地还沮丧,比风向更捉摸不定,萨埃布呀,惟血泪才能医治心病"。有时因过分节约用词,反而使诗意含糊不清。

(3) 擅长夸张,好用譬喻。写诗离不开夸张,"印度体"诗歌的夸张很有特色,如写性格的粗暴,以"鳄鱼的脊背"来形容;写人的温柔,胜过"脖颈上的绒毛"等。"印度体"诗人无论用明喻、隐喻,还是曲喻,都给人以怪诞奇异的感受。如"天空是眼圈,大地是瞳仁,上界和下界宛如两排睫毛"(萨埃布诗),用人的眼睛比喻整个宇宙,含意深邃奇谲,耐人寻味。又如"你去了,留下花园痛苦不堪,含苞的花儿正准备撕破衣衫"(萨埃布诗),这个隐喻表述情人离别的愁苦,别有新意。

(4)语言通俗,诗韵特殊。"印度体"诗人多采用冗长而凝重的韵律,其音调和节奏变化与传统格律诗有明显不同。"印度体"诗歌惯用典故、成语、格言和大众俚语,这在某种程度上弥补了诗歌隐晦费解的不足。用典的例子如"贤臣厌恶对君王阿谀奉迎,亚历山大宝鉴从不掩盖丑行"(卡利姆诗)。用谚语格言的例子不胜枚举,如"敢问人世沧桑,何曾见过正直,倘有忠诚,也不过是掺水奶汁"(卡利姆诗);又如"似剑的冷风何以抽打发辫?有道是,足不出自家地毯"(萨埃布诗)。

3. "印度体"代表诗人

"印度体"诗兴于15世纪末16世纪初,盛于16、17世纪,自18世纪上半叶开始衰落。在长达

六、文学风格的嬗变

250余年的发展历程中,涌现出一批颇有成就的印度波斯语诗人和波斯"印度体"诗人,由于他们的共同努力,才使波斯语古典诗歌得以维持在伊斯兰文学中的主导地位。

作为"印度体"诗创始人的巴巴·法冈尼(?—1519),生于设拉子,曾为白羊王朝(1468—1502)宫廷效力,晚年隐退,避世索居。他在继承波斯传统诗歌基础上开创的"印度体"诗风(尤其在"伽扎尔"抒情诗方面),对后世产生深远的影响。沙法维王朝初期,诗人们大都趋炎附势,热衷于为什叶派伊玛目及其后裔唱赞歌,以缅怀卡尔巴拉惨案殉教者为题材的哀诗悼文盛极一时,其中以莫赫塔谢姆·卡善尼(?—1587)的宗教颂诗和哀悼诗最为出名。巴巴·法冈尼冲破世俗观念的束缚,独辟蹊径,率先创作构思奇特、譬喻新颖的诗歌,为"印度体"诗的发展奠定了基础。

继巴巴·法冈尼之后出现的"印度体"诗人瓦赫希·卡尔曼尼(?—1583),在"伽扎尔"抒情诗的创作上独树一帜,自成流派,与其他著名"印度体"诗人创作的"伽扎尔",在内容和形式上有明显差异。瓦赫希的"伽扎尔"短小精悍,主题统一,专写男女的恋情,被誉为"最纯正的波斯爱情诗"。

举凡初次的幽会,甜蜜的爱恋,离别的思念,欲见不得的愁苦,因误会而发生争吵,传情的书信往来,情场失意的沮丧,对情人另有新欢的抱怨,对纯真爱情的赞美,对爱情不忠的恼恨,对自由恋爱的向往等等,诗中均有生动细腻的描述,炽热如火的表达。瓦赫希的爱情诗虽然比不上萨迪和哈菲兹抒情诗的优美典雅和凝练隽永,但却是真情实意的表露,语言朴实自然,感人至深。诗人满怀激情,述说他爱情生活的经历,以及他对世间爱情的感触、体验和认识,并借以抒发自己对自由的渴望,对幸福生活的追求,称得起是高品位的抒情诗作,试举一例:

> 比起其他夜晚我心情更加沮丧,呵今夜,
> 为让你得悉此事,特立下遗嘱,呵今夜。
> 难道我已病入膏肓,临近死期?
> 否则,友人们何以偷偷揩眼泪,呵今夜。
> 挚友呵,切莫忘我的凄凉悲惨,
> 再不能与你们欢聚共饮多心酸,呵今夜。
> 真主在上!恋人呵,别离开枕边,
> 待来日性命难保,恐怕不会再见,呵今夜。
> 永别之际瓦赫希的生命迸出火星,
> 挚友呵,切勿冷淡那玉人直至天明,呵

六、文学风格的嬗变

今夜。

瓦赫希另有3部仿内扎米的叙事诗,用"玛斯纳维"体写成,内容也是有关爱情的,它们是《天园》、《爱者和被爱者》、《法尔哈德和希琳》。

无独有偶。这时在印度本土的波斯语诗人菲齐·达坎尼(1547—1595)也仿效内扎米的《五卷诗》,写出5部"玛斯纳维"体叙事诗,即《时代中心》、《索莱曼与巴尔吉斯》、《纳尔与达曼》、《七个国家》和《阿克巴传》。生于印度阿克拉赫的菲齐,是著名的"印度体"诗人,1587年荣获阿克巴宫廷诗王称号,他一生写诗10万余行,著有抒情诗集《黎明》,并将许多的印度故事翻译成波斯文。

16世纪末和17世纪是"印度体"诗歌发展的鼎盛时期。这期间印度宫廷中集聚了不少从波斯投奔来的著名诗人,他们以优秀的诗作,为"印度体"诗歌的发展作出了贡献。阿克巴大帝的宫廷诗人奥尔菲·设拉子(1555—1590),以写"伽扎尔"抒情诗为主,"伽西代"颂诗也写得不错。他有一首颂扬教长阿里的颂诗,共362行,在民间广为流传,被称为穆斯林的"宣誓书"。奥尔菲还写了有关苏非神秘主义的论著《内心世界》。纳齐里·尼沙浦里(?—

1612）是阿克巴和贾罕吉尔宫廷的著名诗人，晚年遁世隐居，专心修炼，在他的各类古典诗作中，含有明显的苏非思想。生于马赞德朗的塔莱布·阿莫利（？—1626），经呼罗珊前往印度，1618年荣获贾罕吉尔宫廷诗王称号。他擅长各类古典格律诗，写有"玛斯纳维"叙事诗《塔莱巴》和《贾罕吉尔传》。卡利姆·卡善尼（？—1650）原籍哈马丹，故又名卡利姆·哈马丹尼，从设拉子赴印度，成为沙赫·贾罕宫廷诗王，深受国王的青睐，晚年在克什米尔度过余生。他的各类诗作，尤其是"伽扎尔"抒情诗写得极好，具有"印度体"诗的典型特征。

在众多的"印度体"诗人中，成就最高、影响最大者当推萨埃布·大不里士（1607—1670），他生于大不里士的富商家庭，在伊斯法罕完成学业，经麦加去印度，侨居6年，名声鹊起，后返回伊朗，成为阿巴斯二世的宫廷诗王，留下诗作24万余行。萨埃布不大写"伽西代"颂诗和"玛斯纳维"叙事诗，他的"伽扎尔"抒情诗造诣很深，独具特色。在萨埃布的诗作中，大量运用典故、格言、谚语和大众俚语，同时包含着萨迪式的道德训谕和耐人寻味的神秘主义哲理，形成一种通俗而典雅的独特风格。"印度体"的"伽扎尔"抒情诗内容广泛而庞杂，与主要

六、文学风格的嬗变

表现爱情主题的传统"伽扎尔"大相径庭。就每首诗而言,也往往缺乏统一的主题,诗人的思路不集中,经常变换,跳动得比较厉害,令人很难把握。这个特点同样体现在萨埃布的抒情诗中:

> 虽然一贫如洗,但却满不在乎,这多好,
> 口干舌燥之人渴死在大海岸边,这多好。
> 饱受折磨的恋人不怕情火煎熬,
> 海水苦涩,正合鱼儿的胃口,这多好。
> 骄矜之气充斥托钵僧的罩袍,
> 黑锦缎裹着虔诚敬主的忠心,这多好。
> 礼拜日只照看孩子,享天伦之乐,
> 不思来世苦,且得今朝乐,这多好。
> 酒海中船帆呼拉拉地响,
> 欢聚狂饮扯开嗓门大叫,这多好。
> 浓云翻滚,明月飞快地驰骋,
> 夜幕下掩盖起恭顺的面容,这多好。
> 凭光阴流逝难忘昔日岁月峥嵘,
> 借来世之宝鉴以观赏今朝美景,这多好。
> 萨埃布呀,似不该这般无所用心,
> 不思不虑告别人世,拂袖而去,这多好。

作者以自我解嘲的口吻，东拉西扯，看似无所用心，其实字里行间跳动着一颗忧国忧民之心，流露出对黑暗现实的不满，对宗教伪善的戏谑，对人生旅途的困惑，不妨说是一种受压抑的变态心理的折射，绝非文字游戏，无病呻吟。

进入18世纪，"印度体"诗开始走下坡路，过分追求辞藻的华美，诗意的新奇，因而出现晦涩费解的不良倾向；但也不是没有值得一提的诗人。突厥家族出身的比戴尔（？—1720）便是继阿密尔·霍斯鲁（1253—1325）之后，印度最著名的波斯语突厥诗人。比戴尔学识渊博，著作等身，他的诗文独具一格，饱含苏非神秘主义的说教。比戴尔诗艺精湛，擅长各种体裁的古典格律诗，尤以"玛斯纳维"叙事诗见长，如《阿拉法特》、《神奇的符咒》、《知识的类别》和《伟大的海洋》等。诗作想象奇特，譬喻别致，内容深奥，用词怪僻，带有浓厚的神秘色彩，颇令人费解。

4. 波斯诗歌的复古倾向

18世纪的伊朗国内政局不稳，动荡不安，与俄

六、文学风格的嬗变

国、奥斯曼帝国和阿富汗等邻国频繁交战,并因争夺阿富汗而与印度大动干戈。继沙法维王朝倾覆之后,相继建立起阿富沙尔王朝(1736—1747)和赞德王朝(1757—1779),但仍难以阻止各地诸侯混战的局面。在这种社会环境下的波斯文坛,只能是衰败萧条的景象。沙法维王朝时期盛行的"印度体"诗歌日趋没落,一味追求新奇怪异,严重脱离实际,显然不能适应时代发展的要求。这时涌现出一批诗人,在伊斯法罕和设拉子组建文学团体,主张摈弃矫揉造作、华而不实的"印度体"诗风,恢复古代"呼罗珊体"和"伊拉克体"诗歌的优良传统,是为后来恺加王朝(1796—1925)时期兴盛的文学"复古运动"的先声。

率先在伊斯法罕创建"文学协会"的,是米尔·赛义德·阿里·莫什塔格(1689—1757),他被称为伊朗文学"复古运动"的奠基人。莫什塔格以"伽西代"颂诗见长,主要颂扬先知穆罕默德的业绩,具有"伊拉克体"诗风的特点。参加莫什塔格"文学协会"的另一位著名诗人阿扎尔·比格代利(?—1781),生于伊斯法罕,为逃避阿富汗人的侵扰,迁居库姆14年,后经设拉子赴麦加朝觐,归途中去呼罗珊游学,并随纳迪尔(1736—1747年在位)

的军队远征马赞德朗，最后返回故乡，晚年离群索居，埋头著述。阿扎尔仿贾米之作写成"玛斯纳维"叙事诗《尤素福与佐莱哈》。他撰写的诗人传记《拜火神庙》（1760），内容丰富，资料翔实，成为研究波斯诗人生平和作品的经典之作。

18世纪下半叶出现的波斯诗歌复古倾向的代表人物，是赛义德·阿赫玛德·哈台夫（？—1783）。他生于伊斯法罕，曾加入莫什塔格组建的"文学协会"。哈台夫精通阿拉伯语，熟谙波斯诗歌，擅长各种体裁的古典格律诗。他的"伽西代"哀悼诗情真意切、感人至深；他的"伽扎尔"抒情诗模仿萨迪和哈菲兹的风格；他最重要的诗作是用"塔尔吉·班德"体写成的《泛神论》，以优美典雅的语言，阐明神秘奥妙的苏非哲理，充分显示出诗人的非凡功力，因而在波斯诗歌发展史上赢得一席之地。

总的看来，具有复古倾向的波斯诗作，大都是对古代大诗人的单纯模仿，缺乏独创性，多为平庸之作；但比起当时浮艳、晦涩的"印度体"诗歌来，应该说是一种进步。因为文学的创新离不开继承，若不弘扬古典格律诗的优良传统，也就难得有超越前人的新诗的诞生。这时期出现的波斯诗歌复古倾向，无疑为恺加王朝时期盛行的文学"复古运动"，及由此而产生的诗歌复兴和创作繁荣局面,奠定了基础。

5. 民间文学的瑰宝

16世纪至18世纪的伊斯兰散文作品,主要是宗教著述,如沙法维时期著名的什叶派学者马吉里西(?—1699)用阿拉伯文写成的24卷本《光的海洋》,什叶派教法学家谢赫·巴哈伊(1546—1622)用波斯文写成的《阿巴斯教法大全》等。这时期在印度编纂了几部波斯语词书,如贾玛尔丁·侯赛因的《贾罕吉尔词典》(1596—1608),穆罕默德·侯赛因的《绝对论证》(1652)和阿布杜·拉施德的《拉施德词典》(1654)等,质量都比较高。此外,伊朗和印度的波斯语史学家还编写出一批史著。与文学关系比较密切的散文作品,有以下几部传记:《萨米的礼物》(1550),作者为沙法维国王伊斯玛仪之子萨姆·密尔扎(?—1575),记述了15、16世纪700余名诗人的生平;《笃信者集》(1585—1601),作者为侨居印度的波斯学者舒什塔里(?—1610),记述了什叶派诗人、苏非学者和帝王将相的生平、著述和言行;《七个国家》(1594),是阿明·阿赫玛德·拉齐按国别分类记述诗人传记的作品。谢赫·巴哈伊撰写的文学、伦理著作《钵盂》，用阿拉伯文和波斯文写成，内含大量波斯和阿拉伯诗歌、谚语、故事和传说，算得上是一部水平较高的散文佳作。

研究伊斯兰文学，绝不可忽视口耳相传、历久不衰的民间文学创作。在本书的最后，理应提及享有世界声誉的伊斯兰民间文学的瑰宝——《一千零一夜》和有关机智人物阿凡提的故事、笑话和趣闻。

《一千零一夜》（又译《天方夜谭》）是一部主要反映阿拉伯帝国（750—1258）境内各族人民的生活、劳动、爱情和习俗以及他们的理想和追求的民间故事集。书中包括的神话传说、历史故事、寓言童话和趣闻轶事。总共约二三百则。故事长短不一，采用大故事套小故事的框架结构，通过宰相之女山鲁佐德夜间向国王讲故事的形式，娓娓道来，使人感到亲切而自然。这些故事的现实性很强，同时富于浪漫色彩。故事情节惊险曲折，跌宕起伏，引人入胜。书中涉及的人物形形色色，除神魔鬼怪外，上自国王大臣、宫廷显要、宗教僧侣和富豪巨贾，下至工匠艺人、渔夫牧民、巫师术士和家丁奴隶等，几乎无所不包。在反映社会现实的故事中，常会出现会飞的木马，来去自由的魔床，会说话的鹦鹉，要什么有什么的魔袋，通人

六、文学风格的嬗变

性的猴子,能隐身的魔巾,小山似的鸟蛋,小岛般的海鱼,唤声"芝麻,开门!"就能自动开启的藏宝山洞等。熔丰富奇特的想象和大众熟悉的生活于一炉,是《一千零一夜》最突出的艺术表现手法。

《一千零一夜》的主题十分鲜明,即真善美最终将战胜假恶丑,卑贱者最聪明,高贵者最愚蠢。从书中可以看到,贤惠善良的山鲁佐德讲了1001夜的故事,终于感化国王改邪归正,放弃杀人的念头;渔夫运用智慧将魔鬼重新打入索莱曼的宝瓶;阿拉丁借神灯之助战胜凶险的魔法师;阿里巴巴和机智的女仆联手消灭了40大盗;穷奴隶白侯图戏弄阔主人,闹得他一家鸡犬不宁;俏女子设计将好色的国王、总督、宰相、法官等全都锁进橱柜,诸如此类富于教益的故事不胜枚举。当然,书中也难免存在消极的和不太健康的故事内容,如对命运的无奈和忍受,对金钱的追逐和崇拜,对女性的歧视和压迫,对宗教的迷信和狂热等;但瑕不掩玉,《一千零一夜》仍不失为民间文学创作中"最壮丽的一座纪念碑"(高尔基语)。

《一千零一夜》的故事源自波斯的《一千个故事》,据称这部帕莱威文著作是印度民间故事的译本,约于8、9世纪之交被转译为阿拉伯文。此后在民间广为流传,经过增补删减,加工润色,衍生变异，出现各种不同的手抄本，直至16世纪初才在埃及基本定型。在长达数百年的成书过程中，《一千零一夜》凝聚了阿拉伯、波斯、印度和突厥等许多民族人民的智慧，体现着伊斯兰世界的文化精神，不愧为世界民间文学宝库中的珍品。

可与《一千零一夜》相媲美的伊斯兰民间文学创作，是有关机智人物的笑话、趣闻和讽刺故事。我国新疆地区流传的阿凡提故事，与10世纪中叶起在西亚、北非和小亚细亚一带流传的朱哈故事，与13、14世纪在土耳其和伊朗流传的霍加·纳斯列丁和毛拉·纳斯列丁故事，情节相似之处很多，几乎达到难以区分的程度。从历史角度看，这类机智人物故事，产生于阿拉伯帝国伊斯兰化体制建立之后，在蒙古人统治时期又进一步的发展，辗转流传至今，深得广大穆斯林群众的喜爱，成为不朽的传世之作。故事中的主人公可能是由历史人物脱胎演变而成，如朱哈相传为10世纪中叶生于伊拉克的阿拉伯民间口头文学家；霍加·纳斯列丁据考证为13世纪生于土耳其的伊斯兰苏非学者，在伊朗被尊称为毛拉·纳斯列丁，传至新疆则成为阿凡提。波斯语词"霍加"和"毛拉"，与突厥语词"阿凡提"意思相同，都是对"大人"、"先生"和"主人"的尊称。随着故事的流传演变，

六、文学风格的嬗变

主人公显然已成为虚构的艺术形象,具有典型化的普遍意义了。

作为文学典型形象的"阿凡提",是穆斯林多民族的劳动者的化身。他聪明机智,幽默风趣,富于正义感,具有反抗邪恶统治,揭露宗教首领的伪善,嘲笑形形色色的社会弊端的勇气和胆量,是一个百姓极为喜爱的人物。这类故事大都短小生动,构思巧妙,生活气息浓郁,人物性格夸张,蕴含着朴质的幽默感和笑的乐趣,耐人玩味,堪称是造型别致的民间文学园地中的奇葩。

另有一类机智人物故事,如流行于沙特阿拉伯和东非等地的阿布·努瓦斯的故事,流行于土库曼等地的米纳里的故事,流行于印度的比尔巴的故事等,其人物原型皆来自历史人物。阿布·努瓦斯(759—814)是阿巴斯王朝前期(750—847)的波斯抒情诗人;米纳里亦即帖木儿王朝(1379—1506)末期的掌玺大臣阿里·希尔·纳瓦依(1441—1501);比尔巴是印度莫卧儿帝国阿克巴大帝的著名宰相。有关这类历史人物的笑话、趣闻和故事,虽然可能有某些依据,但也都经过艺术化的加工处理,不再是真实历史故事。这类机智人物故事的思想内容和艺术风格,与"阿凡提"式的故事相类似,但其数量和质量都远不如后者。